나의 먹는 이야기

나의 먹는 이야기

ⓒ조혜란 2023

초판 1쇄 발행 2023년 9월 11일

지은이   조혜란
펴낸이   부수영
펴낸곳   도서출판 나의시간
등록   2007년 9월 3일 제313-2007-000177호
주소   (우)04206 서울시 마포구 마포대로 204 SK허브블루 314호
전화/전송   02)392-3533/ 02)6052-3533
전자우편   boosbook@naver.com

ISBN   979-11-953539-7-2 03810

나의 먹는 이야기

조혜란

나의
시간

내가 나를 기억하는 법

내가 나를 온전히 기억할 수 있을까? 나는 기억력이 그리 좋은 편이 아니지만 자신 있는 부문이 있다. 그 기억들은 주로 뭔가를 먹는 장면과 관련 있다. 다른 사람들은 중요하다고 여기는 정보도 쉬이 잊는 경향이 있고 또 내 스스로도 잊어버리는 게 나쁘지 않다고 여기는 것 같다. 이런 와중에도 또렷이 기억나는 장면들, 언제든지 불러오고 싶으면 그럴 수 있었던 그 언젠가의 기억들은 대개 나의 유년 시절부터 지금까지 내 몸에 피가 되고 살이 되고 슬거움이 되고 에너지가 되었던 어느 식탁 장면, 어느 요리, 어느 식당 앞 풍경이거나 한 잔의 음료수, 한 그릇의 식사 혹은 길거리 간식들이다. 그 기억 앞뒤로는 그 음식과 관련된 이야기들이 주르르 따라 나온다. 나는 결국 먹으면서 구체적으로 삶을 수행하여 지금에 이르렀다. 살아내는 일 중 가장 즐거운 일을 들라면, 아마도 먹는 일이라고 답할 것이다.

그런데 근래 들어 여태 선명했던 장면 중 빛바랜 느낌이 드는 것들이 생겼다. 앞뒤로 길었던 서사들도 점점 단출하게 정리된다. 정리된다는 것이 좋기만 한 것일까? 책상에, 방에, 마루에 나의 흔적을 그대로 방치한 채 몇 날 며칠이고 무던하게 지내는 나 같은 사람에게는 정리란 어렵고도 소망스러운 일이다. 그런데 이런 휘발의 낌새를 채면서는 어쩌면 결국 나의 구체적인 부분들이 기억 너머로 '정리되어' 버리는 게 아닌지 모르겠다는 생각이 들었다. 내 몸 모퉁이 한 구석이, 손가락 어느 경계가, 내 마음속 나의 모습이 어느 순간 스르륵 사라지고 있을지도 모르겠다는 생각. 즐겁다고 여겼던 여러 장면들이 몇 장면으로, 그 주변의 이런저런 감정들이 짧게 몇 줄로 정리된다면 그 후에도 지금처럼 촉촉할 수 있을까? 잊혀서 가벼워지는 것도 있겠지만 잊어서 메마르게 되는 것도 있다. 나는 내 마음이 행여 말라버리지 않도록 나의 유쾌한 기억들을 잘 갈무리해 두고 싶다. '시우時雨'라는 표현이 있다. 때에 맞게 내리는 비, 제때 내리는 비 혹은 단비를 가리킨다. 때를 놓치면, 놓쳐버리는 부분들이 생긴다. 영원히 선명할 것 같았던 장면들이 흐릿해지려는 이즈음, 내가 내 일상의 즐거운 기억, 먹는 이야기에 대해 기록하는 것은 바로 필요한 때에 논에 물을 대는 일과 그리 멀지 않은 것 같다. 내 삶의 어느 순간에라도 불러오고 싶으면, 즐겁고 흐뭇했던 그 장면들을 잃어버리지 않고 불러올 수 있게 하고 싶다.

내가 하는 행위 중 먹는 일만큼 연륜이 깊은 것도 없다. 물론 숨쉬기와 더불어서이다. 인간이라면 다 그럴 것이고 그래서 나이 들수록 다 잘 먹게 될 것 같지만 결코 그렇지 않다. 늘 좋은 입맛을 지님과 먹을 것들을, 때로는 맛있는 것들을 먹을 수 있음에 감사한다. 내 먹는 일에 대한 감사는 남 먹는 사정도 생각하게 한다. 누구라도 먹는 일에서만큼은 편안하고 따뜻할 수 있었으면 좋겠다. 나이 서른이 넘어서야 비로소 내가 살아 있다는 사실을 실감하고 쉰 무렵에야 어머니의 살기운 딸이 되고 60이 넘어 내 시간이 알토란같다는 걸 알게 되었다. 먹는 일은 이런저런 깨달음의 순간에도 빠지는 법이 없었고 오히려 그 순간을 내 시간의 띠에 징처럼 박아 넣어 주었다.

먹는 데 대한 나의 열정은 어머니의 밥상에서 비롯된 것임에 분명하다. 어머니의 제철 음식, 절기 음식, 매 끼니 일상의 식탁, 드문드문 비일상의 잔칫상에서 나는 삶의 리듬을 익혔고 문화를 경험했다. 한식은 물론이고 일식, 중식, 서양식도 제대로 된 조리를 거쳐 훌륭한 집밥으로 차려졌다. 모험심이라고는 조금도 찾아보기 힘든 나지만 먹는 일에만은 모험심이 발동하여 새로운 음식이나 낯선 식재료도 시도해 보고픈 마음이 든다. 이 역시 다양한 먹거리를 제공해주신 어머니 덕분이다.

바쁜 와중에도 대보름에는 오곡밥과 나물은 챙겨 먹을 수 있으면 좋겠고 여름이면 깔끔한 오이지 생각이 간절해지곤 한다. 나는 삼계탕을 별로 좋아하지 않지만 초복, 중복, 말복 때 아버지가 여름 보양식을 못 드신다고 생각하면 안타까운 마음이 된다. 먹는 일에 진정인 나머지 내 할 일을 기꺼이 하게 된다. 스터디를 하려다가도 누군가가 뭐가 먹고 싶다고 하면 공부보다는 그걸 먹게 해주고 싶은 마음이 먼저가 되기도 한다. 같이 먹는 일은 공부만큼이나 중요하고, 일하고 먹는 음식은 보람되다. 노동의 하루를 편안

한 하루로 만들어주는 것은 휴식과 함께 찾아오는 먹는 시
간들이다. 혼자 먹는 밥은 한가하고, 같이 먹는 밥은 즐겁다.
이 책은 결국 나의 먹는 이야기이고, 내가 나 된 이야기이다.
나와 같이 밥을 먹어주는 모든 이들에게 감사를 전한다.

2023년 비가 퍼붓는 여름밤에

조혜란

먹는다는 일에 대한 묵상

소화 잘돼도 소화제 광고는 필요해

어렸을 때 만고의 의문이 하나 있었다. 소화제 회사는 어떻게 망하지 않고 건재하지? 하는 질문이었다. 그 당시 신문에는 '훼스탈'이라는 소화제 광고가 곧잘 실리곤 했다. 그 광고 문안 옆에는 둥글고 옆으로 비율이 늘어난 여자 얼굴이 함께 그려져 있었고, 그림 속의 여성은 끝이 안으로 말려 있고 약간의 컬이 느껴지는 단발머리 모양을 하고 있었다. 그 광고는 꾸준히 실렸는데 나는 그 약을 먹을 필요를 전혀 느끼지 못했다. 어렸을 때 나는 그리 튼튼한 어린이는 아니었으나 소화 하나는 잘되었다. 우리 집에도 소화제를 달고 사는 사람은 없었다. 그러니 이렇게 사는 이가 없는 약을 파는 회사가 어떻게 오랫동안 여전할 수 있는지 의아했던 것이다.

초등학교에 입학한 후 나는 공책에 작은 그림들을 그리곤 했다. 공책 맨 위에 괄호가 인쇄되어 있었는데 쪽수를 쓰라고 만들어놓은 것이었다. 하지만 내 눈에 그 괄호는 훼스탈 광고의 여자 얼굴을 그리기 위한 밑그림처럼 보였다. 괄호 아래 양쪽 끝의 선을 둥글게 잇고 위쪽에 머리 모양을 그리면 영락없는 훼스탈 광고에서 본 그 여자 얼굴 비슷한 느낌이 났다. 초등학교 때 내 공책 상단에는 훼스탈 광고 속 여자 얼굴이 마치 이모티콘마냥 그려져 있었다. 소화는 별탈 없이 잘되었고, 그래서 훼스탈을 먹을 일은 없었다. 대신 훼스탈 광고는 내게 지루한 교실을 견디게 하는 심심파적의 오락을 선물해주었다.

미식은 대식에서 나온다고 한다. 많이 먹어본 끝에 맛에 대한 감각이 길러진다는 얘기일 것이다. 대식은 왕성한 소화력이 뒷받침되어야 가능한 일일 것이다. 호식가라는 말이 있던가?(있다!) 나는 미식가라기보다는 먹는 것을 좀 좋아하는 사람 정도인 것 같다. 그리고 주변 사람들에 비해 약간의(?) 대식가인 것도 맞다. 배불리 먹고 나면 왜 배를

16

두들기게 되는지 알 수 없지만 나는 그럴 때 기분이 좋아지면서, '함포고복'처럼 실감나는 고사성어도 드물 것이라고 생각한다. 굳이 외우려 하지 않아도 단박에 이해가 확 되는, 두둑하게 먹고 배를 두드린다는 뜻의 고사성어 함포고복含哺鼓腹. 마른 몸매를 소망하는 세상이지만 원하는 사람 누구나 다 함포고복할 수 있으면 좋겠다. 뭔가 먹고픈 게 생각나면 그걸 먹은 후에야 비로소 상쾌하고, 배가 고프면, 허기를 채울 수 없으면 슬프다.

내가 태어나 여태 하루도 거르지 않고 무탈하게 먹을 수 있었기에 가장 꾸준히 해올 수 있었던 행위, 먹는다는 일. TV 속에는 맛집이 넘쳐나지만 한 공기 밥도 충분하다.

입맛은 축복이다

먹는 얘기는, 대개는 즐겁다. 맛있는 걸 먹으면서 또 먹는 얘기를 하는 건 정말 그 재미가 진진하다. 그런데 딱 한 번 먹는 얘기가 간절한 기도 같았던 때가 있었다.

어머니가 중환자실에 계셔야 했던 때의 일이다. 한 달 남짓 병원에 입원해 있는 동안 담당 의사는 우리에게 마음의 준비를 하라는 말을 여러 차례 했다. 도대체 무엇을 준비하라는 건지 의사의 당부를 받아들이고 싶지 않았다. 그냥 한 번에 30분씩, 하루에 두 번 허락된 면회시간에 가서 야위디 야윈 어머니를 들여다보고 돌아오는 것이 전부였다. 한 일 년여를 거의 못 드셨으니 어머니의 몸은 뼈만 남은 것 같았고, 얼굴 윤곽에서는 미라나 해골의 선이 느껴졌다.

　나는 어렸을 때부터 엄마와 잘 안 맞았다. 엄마와 딸이라는 인연이 아니었다면 딱히 만날 일이 없을 것만 같은 두 사람이었다. 나와는 달리 매우 예민하고 영민했던 엄마는 매사에 까다로우셨다. 그런 엄마에게서 마음 편하게 느낀 부분이 있었는데 바로 식탐이다. 어느 해인가 겨울날 오후였다. 초등학교 3,4학년쯤 되었을 때다. 내가 좋아한 것 중에 우유맛을 기본으로 딸기향을 가미한 사탕이 있었는데 와구와구 씹어 먹을 수 있을 정도의 강도여서 더 좋았다. 엄마가 그 사탕 한 봉지를 새로 뜯어 드시기 시작한 것을 보고 방을 나갔다가 도로 들어온 나는 티는 안 냈지만 적이 놀랐다. 그새 수북하게 쌓여 있는 비닐로 된 사탕 껍질이 눈에 들어왔고 사탕 봉지는 비어 있었다. 스케치북만 한 사탕봉지 하나를 앉은자리에서 다 드신 엄마! 다른 일에는 꼼꼼하고 깐깐했지만 유독 자신이 좋아하는 음식 앞에서만은 질정이 없었고 그 지점이 내가 엄마를 인간적이라고 느끼게 하는 거의 유일한 요소였다. 나이 시긋해서야 깨달았지만 엄마는 예의 그 예민한 신경으로, 매 끼니마다 정성을 다해, 5대 영양소를 확인해가며, 교양과 매너를 갖춘 계절감 충만한 식탁을 차려주신 것이다. 음식에 대한 탐닉은 엄마와 나를 이어주는 탯줄 같은 것인지도 모른다.

그런 어머니가 쇠약해지시더니 입맛을 잃어가셨다. 믿기 어려웠지만 아버지와 내가 감당해야 하는 일이었다. 온갖 맛있는 음식도 다 소용없었다. 아니, 오히려 고문이 되었다. 감각들이 과하게 증폭된 어머니에게는 신선한 생선 냄새도 상한 냄새처럼 느껴지고 오이 써는 도마 소리도 견디기 힘든 큰 소음이 되었다. 그렇게 밥 양을 줄여가다가 나중에는 죽만 드셨다. 죽도 양이 점점 줄고 반찬 역시 가짓수가 줄어 나중에는 백명란과 단무지만 조금 드시다가 쓰러지기 얼마 전부터는 단무지만 살짝 입에 대시다 말았다. 일년 넘게 그런 모습을 지켜보는 일은 고문에 가까운 경험이었다. 무력했다. 병원도, 맛있는 음식도 의미가 없었다. 불행의 한가운데서 점점 말라가는 어머니를 지켜보는 것은, 그리고 거기에 점점 익숙해지는 나를 보는 것은 스스로 나의 비인간적 요소들을 깨달아가는 과정이었다.

한 번도, 누구에게도 말한 적이 없지만 그때 가장 후회하며 자책한 것은 엄마에게 닭튀김을 못 해드렸다는 것이었다. 건강 상태가 그렇게 나빠지기 바로 전, 엄마는 내게 집에서 튀긴 닭이 먹고 싶다고 하셨다. 나는 가끔 닭봉을 튀기곤 했다. 커다란 볼에 닭봉을 넣고 소금, 후추로만 간을 한 후 그 위에 녹말을 살살 뿌려 버무린 다음 두 번 튀겨내면 아주 깔끔한 닭튀김이 되었다. 마치 일본식 튀김 같은 치킨이었다. 시간 나면 해드리려 했는데 상태가 나빠져 엄마는 닭튀김은커녕 죽도 못 드시게 되어버린 것이다. 나는 제때 닭튀김을 못 해드렸다는 후회가 목에 걸렸다. '그때 닭튀김을 해드렸다면……' 안타까움은 죄책감이 되고 가시지 않는 체기처럼 자리 잡았다.

　쓰러진 어머니의 몸에 링거 병들이 주렁주렁 달리고 뭔지 모를 플라스틱 호스들이 여기저기 복잡하게 연결되었다. 의식을 잃은 어머니 병상 옆 기계 화면에는 알 수 없는 숫자들만 깜박깜박거렸다. 간간이 의식이 들 때면 그만 끝내고 싶다고만 하셨다. 그렇게 여름이 가고 있었다. 어느 날 오후 평소 일과대로 병원에 갔고 어머니는 내가 다가가도 모른 채 누워 계셨다. 불러도 대답 없는 어머니를 향해 나는 작지만 단단한 목소리로 간절하게 말했다. "엄마, 가실 때 가시더라도 한 번은 일어나서 맛있는 것 원 없이 드시고 나서 가세요." 어머니가 돌아가실 수도 있다는 사실을 받아

들였고 그래서 어머니도 나도 포함지지 않고 헤어져야 하지 않겠나 생각했던 것 같다. 내 목에 걸려 있는 닭튀김의 부채감 때문이었는지도 모른다. 하지만 그때 그 말은 내 간절한 마음이었다. 눈을 감고 괴로운 표정을 짓고 계시던 어머니가 들으셨을지 알 수 없지만 내 간절한 마음만은 어머니의 어딘가에 가서 닿았을 것만 같다는 생각을 하며 병실을 나왔다.

그 후 어머니는 기적처럼 회복하였다. 그리고 놀랍게도 너무나 열심히, 잘 드셨다. 간이 약한 병원 식사지만 밥 한 톨, 반찬 한 줄기도 남기지 않으려 하셨다. 입맛이 되살아난 건가? 심지어 맛있게 드시는 것같이 보였다. 볼에 점점 살이 붙고 어느 날부턴가 나를 반기는 얼굴이 예뻐 보일 정도였다. 어머니가 뭔가를 드실 수 있게 되자 나는 속죄라도 하려는 듯한 마음으로 음식을 해다 드렸다. 물론 일주일에 한 번 정도였지만 그래도 드시고 싶은 게 있다고 하면 기뻤고, 기꺼이 준비해 갔다. 그리고 무슨 새콤한 소스까지 맛있다며 다 드시는 걸 보며 우리 엄마가 맞는지 의아해할 정도였다. 예전에도 이런저런 요리를 해드렸지만 그렇게까지 맛있게 드신 기억은 거의 없었기 때문이다. 너무나도 딱 떨어진 손맛을 구가하던 엄마 입맛에는 꼭 한두 가지가 걸리곤 했는데 그때는 가타부타 말씀이 없었다. 그저 맛있다면서, 정말 맛있어하며 드셨다. 엄마에게 내가 받아들여지는 느낌이 들었다. 조금 더 회복이 되면 목엣가시인 닭튀김을 해드려야지 생각했다.

병원에서는 식욕에 관해 딱히 조치한 것도 없다고 했다. 아버지와도 참 알 수 없는 일이라고 얘기하며 다행이라며 감사했다. 한 번 된통 힘든 경험을 한 어머니의 어떤 깨달음이 병원 식사까지 싹 비우는 실천에 이르게 한 것 같다는 생각을 하곤 했는데, 실은 그때 병상머리에서 한 간절한 기도 같은 내 말의 진동이 어머니의 뇌파에 가 닿은 게 아닐까도 생각한다. 간절함이 무의식 깊은 데 도달한 게 아닐까? 아무튼 원 없이, 온갖 맛있는 것들을 다 드시면서 여생은 편안하고 감사한 마음으로 지내실 수 있기를 바랐다. 어머니는 퇴원 후 일 년 남짓 더 사셨는데 세상 행복하게 드셨고 나도 세상 행복하게 어머니에게 음식들을 해 날랐다. 물론 첫 음식은 닭튀김이었다. 내게 그 시간은 축복이었다. 엄마는 역시 엄마였나 보다 생각한다. 엄마에 대한 거리감을 녹인 것은 엄마였다. 그 일 년, 봄 같기만 했던 어머니의 입맛은 왕성했고 그저 맛있게 드시는 어머니를 보면서 나 또한 치유가 되어가고 있었다. 잘 드시는 모습이 행복해 보였는데 어머니는 내게 봄날 같은 추억을 선물하고 문득 떠나셨다.

세상에서 가장 무서운 것은 입맛을 잃는 일이다. 입맛은 있어야 한다. 그건 축복이다.

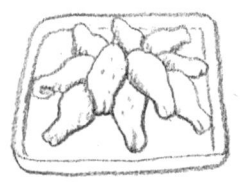

포크커틀릿, 돈가스
그리고 돈가츠

돈까스의 표준어는 '돈가스'이다. 그런데도 '돈가츠'라고 표기하는 돈가스집들이 있다. 자신들이 파는 음식이 일본식 돈가스임을 강조하려 한 것일까? '돈가스'의 사전적 의미는 '빵가루를 묻힌 돼지고기를 기름에 튀긴 서양 요리, 포크커틀릿'이다. '포크커틀릿'에서 '돈가스'에 이르기까지의 많은 단계가 생략된 설명이다. 서양식 돈가스인 포크커틀릿과 일본식 돈가스 '돈가츠'는 같지 않다. 가게 주인들이 굳이 '돈가츠'를 사용한다면 이는 자신들이 파는 메뉴의 폭을 한정하여 강조하려는 의도에서 그리한 것이 아닌가 싶다.

요즘은 돈가스라 하면 일본식 돈가스가 먼저 생각난다.

일본식 '돈가츠', 정말 맛있다. 줄 서야 하는 집 돈가스는 물론이고, 그렇지 않은 웬만한 돈가스집에서 튀겨내는 '히레가츠'도 맛있다. 기름 빠지라고 스테인리스 재질의 체 위에 받쳐 적당한 크기로 가지런히 썰려 나오는, 두툼하고 고소하고 바삭한 일본식 돈가스. 한 조각 집어 와사비 소스 곁들인 소스에 푹 찍어 한 입 베어 물면 음, 으음, 그리고 조용해진다. 입안에서 맛을 느껴가며 씹느라 바쁘기 때문이다.

그런데 그리운 돈가스가 또 있다. 그 돈가스들은 '돈가츠'라고 표기되지 않는다. 바로 옛날 경양식집에서 팔던 스타일의 돈가스이다. 이 메뉴는 같은 돈가스로 불리지만 일본식 돈가스와는 여러 면에서 다르다. 우선 튀겨낸 돼지고기 표면에 굴곡이 있고 빵가루 입힌 것도 조금 울퉁불퉁하다. 모양과 크기도 식당마다 조금씩 다르다. 그리고 무엇보다 브라운소스가 쫙 뿌려진 형태로 접시에 담긴다. 물론 기름을 빼는 용도의 받침도 없다. 곁들이는 반찬도 가늘게 채친 양배추가 아니라 마요네즈에 버무린 마카로니나 사우전아일랜드 드레싱과 함께 양상추 샐러드 등이 제공된다. 이런 옛날 경양식집 스타일의 돈가스는 '포크커틀렛'(이 역시 요즘 맞춤법으로는 '커틀릿'이다)으로 불리기도 했다.

경양식집 스타일의 포크커틀릿이 대세였을 때, 마치 양대 산맥처럼 '비후가스'라 불리던 메뉴가 있었다. 이는 비프커틀릿으로, 돼지고기 대신 소고기를 튀겨 브라운소스를 뿌려 내는 음식이다. 어렸을 때 나는 그 메뉴를 시킬 때마다 '비후가스' 발음이 싫어 고민이었다. 비프커틀릿이라고 하면 너무 FM으로 보일 것 같고 비후가스라고 하자니 그 발음이 마음에 안 들었다. 비후가스든 돈가스든 브라운소스가 뿌려져 나온 그 튀김 요리는 서양식으로 조리된 메뉴들이다. 이제 '돈가스'는 일본식 돈가스를 가리키고, 서양식 돈가스인 '포크커틀릿'은 '옛날 돈가스'나 '경양식집 스타일 돈가스' 등으로 앞에 수식어가 붙어 표기되고 있다. 맞춤법 표기는 다 같은 '돈가스'가 되었지만 나는 가끔 그 '포크커틀릿'이 먹고 싶을 때가 있다.

꽤나 나중까지 그 서양식 돈가스인 포크커틀릿을 잘하던 식당이 있었다. 지금은 없어진 우리 대학의 교직원식당이다. 진관이라는 건물에 있던 식당이다. 한때 메뉴명을 포크커틀릿으로 표기하기도 했는데 언젠가부터 그냥 돈가스로 불렸다. 그러나 브라운소스가 넉넉하게 뿌려지고 때로는 비교적 넓은 튀긴 돼지고기 두 조각이 접시에 담겼던 그 돈가스는 분명 서양식이었다.

물론 그 교직원식당의 돈가스가 줄곧 맛있었던 것은 아니다. 하지만 2010년 무렵 진관식당의 돈가스는 내 마음에 박제되어 있다. 그 무렵 매주 목요일 《자본론》 세미나가 끝나면 함께 강독하는 선생님들과 진관식당에서 식사를 했다. 매주 목요일 점심에는 돈가스 메뉴가 있었고(스터디 날짜가 목요일인 것이 아주 중요하다), 나는 거의 매번 돈가스를 선택했다. 돈가스는 그 무렵 맛이 훨씬 좋아진 메뉴였다. 이전에는 튀김에 약간 비위 상하는 고기 냄새가 남아 있기도 하고 고기가 질겨 먹기 힘들 때도 종종 있었다. 그런데 언제부턴가 균질하게 맛을 유지하게 된 것이다. 더구나 그 무렵 학교 밖 식당에서 파는 돈가스는 대개 일본식 돈가스 '돈가츠'였다. 하지만 진관식당에서는 옛날 경양식집 스타일의 포크커틀릿, 서양식 돈가스를 내놓았다. 넓게 튀긴 후 브라운소스를 뿌려 내오는 돈가스. 젓가락 대신 포크와 나이프가 필요한 식사다.

그 돈가스 식사는 내게는 일종의 의식과 같았다. 튀김의 가장자리부터 반듯하게 잘라 먹기 시작한다. 반듯하게 세로로 길게 잘라낸 후 그것을 다시 서너 토막으로 반듯하게 자른다. 그리고 하나씩 꼭꼭 씹는데 돈가스 한 조각의 모든 맛을 다 알아내고야 말겠다는 듯 정성스레 씹으면서 소스와 튀김옷과 고기 맛에 집중한다. 그렇게 반듯반듯하게, 마치 무슨 매뉴얼이 있는 듯 한 입 한 입 분명하게 씹어 넘기노라면 마치 돈가스 먹는 일이 하나의 경건한 의식처럼 느껴지곤 했다. 순간 돈가스를 먹는 게 나인지 내가 돈가스에 나를 바치는 것인지 경계가 잠시 흔들린다. 돈가스를 반듯반듯 잘라 편만한 상태로 꼭꼭 씹기 위해 정성을 기울이노라면 마치 돈가스에 인신공양을 드리는 듯한 마음이 된다. 너무나도 맛있는 감사한 합일. 자연과의 합일은 경험해보지 못했지만 돈가스와의 합일은 알 것만 같았다.

언젠가 북극곰에 대한 다큐멘터리를 극장에서 본 일이 있다. 〈북극의 눈물〉이라는 영화였다. 그날 나는 홍대 근처에서 누군가를 만나 점심인지 저녁인지를 푸지게 먹었다. 그리고 같이 영화를 한 편 봤는데 그게 바로 그 다큐멘터리였다. 영화가 시작되자 얼음 가득한 화면에서 내 시선을 끈 것은 곰털인 듯한 흰 털로 된 바지를 입은 에스키모인이었다. 나도 그 남정네처럼 흰 털바지가 있었으면 좋겠다는 생각을 하였는데, 보온성보다는 곰처럼 보이는 모양새가 탐나서였다. 희디흰 얼음 위에 백곰같이 서 있는 인간. 나는 시베리아 토템에 공감한다. 곰을 숭상하기도 하고 너무 숭상하는 나머지 합일하고 싶은 마음에 먹기까지 하며, 또 죽은 후에는 곰에게 먹혀도 좋다고 여기는 시베리아의 곰 토템 문화는 내게는 매우 설득력 있다.

그런데 그 다큐멘터리 속의 북극곰은 얼음이 녹아 없어지면서 생존조차 위협받는 상태의 흰곰들이었다. 뜻밖이었다. 언젠가 본 다른 다큐멘터리 속의 북극곰은 순백의 털과는 달리 매우 강포한 힘을 휘두르는, 북극 먹이사슬의 꼭대기 동물이었기 때문이다. 게다가 그 곰이란 놈들은 머리까지 좋았다. sly, 교활하다는 표현을 떠올리게 하는 다큐멘터리 속의 북극곰은 물개와 바다표범 따위를 뒤에서 기습공격해서 잘도 잡아먹었다. 바다 위 얼음 위에서 북극곰은 순백의 얼굴과 순진해 보이는 두툼한 앞발에 붉은 피를 칠갑한 채 혀를 날름거리고 있었다. 순백이어서 무력하게 도와달라고 하는 것보다는 그렇게 인상을 배반하는 북극곰이 오히려 안심되기까지 했는데……. 〈북극의 눈물〉의 북극곰은 먹을 것이 없어 드넓은 북극을 이리저리 배회하는 모습이었다. 새끼들이 있지만 어미는 자기 새끼들을 배불리 먹일 수 없다. 어미도 새끼도 기운 없이 말라만 갔다. 아, 하필 배불리 먹은 다음에 이 영화를 볼 게 뭐람. 영화가 이런 내용인 줄 알았더라면 들어오지 않았을 텐데……. 배 터지게 많이 먹은 인간이, 인간이 벌여놓은 문명의 결과로 인해 굶주려 죽어가야 하는 북극곰을 계속 지켜보는 일은 쉽지 않았다. 나는 그냥 그 비루먹은 곰 앞에 내 목을 내주고 싶은 마음이 되었다. '나는 됐어. 너무 배부르거든. 만약 너무 배고프다면 그래서 너무 고통스럽다면 배부른 나를 먹어도 좋아. 다만 내 숨만은 끊은 후에 먹어줘.' 이런 심정으로 영화를 보고 나왔다. 결코 편치 않은 영화 보기였다.

돈가스를 먹으며 인신공양의 자세가 되는 것, 돈가스와 혼연일체가 되는 듯한 착각은 어쩌면 그 영화를 보면서 느낀 마음의 고통이 남아 있었기 때문인지 모른다. 무릇 먹는다는 행위는 남의 생명과 연결되어 있다. 기꺼이 먹기만 할 일이 아니라 내줄 일에 대해서도 생각해봐야겠다

무슨 자신감인지

담백한 맛은 블랙홀 같다. 일단 그 맛을 알게 되면 헤어날 수 없다. 자꾸만 빠져들기 때문이다. 로렐라이 언덕의 인어들이 뱃사공들을 홀리듯 담백한 맛의 국수 가락들은 그렇게 사람들을 혹은 나를 잡아당긴다. 처음 그 맛을 알게된 것은 평양냉면에서였다. 요즘은 '평냉'을 좋아할 수 있느냐 없느냐가 그의 입맛을 판단하는 하나의 기준처럼 여겨지기도 하던데 이런 경우 내 일상이 역사가 되는 묘한 기분이 되곤 한다. 하긴 예전에는 '평냉'이 하나의 척도로 유표화되지 않았을 뿐 이미 이런 과정을 거쳐왔는지도 모르겠다. 내 어릴 적 을지로 우래옥은 그냥 어른들이 가니 따라

갔을 뿐 냉면이 먹고 싶다며 간 곳은 아니다. 그런데 이제는 붐비고 복잡해도 자발적으로 찾아간다.

내가 평양냉면 맛을 알게 된 것은 나이 스물이 넘어서였다. 온통 나이 든 손님들로 북적이는 장충동 그 집. 물냉면 고명으로 얹혀 나오는 오이의 상큼함과 함께 입안에 퍼지는 구수하고도 순한 메밀의 맛. 담백 깔끔 그리고 아주 약간의 기교가 느껴지는 국물맛. 아, 먹고 싶다. 장충동 평양면옥은 을지면옥, 필동면옥과 함께 손꼽히는 평양냉면집인데 그중에는 장충동 평양냉면집의 물냉면 맛이 대중의 입맛을 가장 많이 고려한 듯한 육수 맛을 내고 있다고 느낀다. 하긴 필동면옥 역시 옛날의 그 투박한 맛은 아니지만 그래도 맛은 좋다. 2022년 6월 을지로재개발사업으로 인해 을지면옥은 현재 영업을 중단한 상태다. 을지면옥은 산적들의 동굴처럼 식당 입구는 좁았다가 안으로 들어갈수록 확 넓어지는, 구조가 재미있는 집이었다. 다들 한 연륜 하는 집들로 담박한 맛으로 분명한 자기 자리를 만들어간 곳들이다. 도가니탕으로 유명한 서대문 대성집도 원래는 여러 채의 한옥을 이어가며 확장을 해서 안으로 들어가면서 공간들이 연이어지는 개미굴 같은 공간이 재미있었는데 재개발로 인해 지금은 대로변 빌딩 2층으로 옮겼다. 예전에 비해 깔끔하지만 공간의 깊은 맛이 없다. 머릿속에 몇 집이 또 떠오르지만 아쉬우니 그냥 눌러 담기로 한다. 나는 '새 삥'보다는 역사의 켜가 느껴지는 그런 곳을 좋아하나 보다.

음, 평양냉면이 담백한 맛으로 승부를 건다면 아마 그럴 법하다고 여길 것이다. 그런데 막국수가 담백 깔끔한 맛으로 승부를 건다면? 그런 집이 있다. 답십리에 있는 성천막국수. 이제는 어느 정도 유명세를 탄 집이라 하겠는데, 흔히 먹는 그런 막국수를 생각하고 갔다간 십중팔구 낭패감을 맛보기 십상이다. 이 집 막국수에서는 단맛이 느껴지지 않는다. 명태 고명이 올라가거나 하지도 않는다. 아니, 어쩌자고 이런 맛으로 장사에 도전할 생각을 할 수 있었을까? 그 집 국수를 처음 먹었을 때 든 생각이다. 기교가 전혀 없는, 국물에서도 국수에서도 재료 맛이 그대로 느껴지는 그런 막국수 맛. 게다가 재료조차 한두 가지가 전부인 막국수. 이 무슨 자신감이란 말인가? 성천막국수는 국수 재료가 메밀인 것 말고는 흔히 아는 춘천식 막국수와 닮은 점이 별로 없다.

이 집에서는 비빔막국수와 물막국수를 판다. 내 기억이

왜곡된 것인지 예전에는 국수 위에 얇게 썬 무짠지를 얹어 냈던 것 같은데 요즘에는 그런 것 없이 비빔에는 고소한 참기름 향과 더불어 고추장 양념이 올라가고 물막국수에는 국수 위에 동치미 육수만 부어 나온다. 메뉴는 아주 간단하다. 이 두 가지 국수에 돼지고기 수육이 전부다. 잘 삶긴 제육 몇 점은 담백한 메밀국수만으로는 뭔가 서운할 수도 있는 마음에(배에?) 균형을 잘 잡아준다.

굳이 선택해야 한다면 물론 물막국수를 선택하겠지만 두 가지 국수 중 어느 한 가지도 포기하기가 어렵다. 답십리는 쉽사리 갈 수 있는 동네가 아니다. 내 사는 곳에서 답십리는 거리감이 느껴지는, 마음먹어야 갈 수 있는 조금 먼 곳이다. 이런 까닭에 그 집에 갈 때면 두 가지 국수를 다 먹고 싶고, 그래서 혼자 가서는 좀 곤란하다. 두 가지 국수에 짠지 반찬에, 야들한 수육에 그리고 여기에 소주 몇 잔을 곁들인다면, 아, 나는 왕이로소이다. 행복감이 그윽하게 차오른다. 막국수 가락이 내 입안으로 들어오면, 꼭꼭 씹어 메밀국수 가락의 구수함이 퍼져가면, 저작 운동을 통해 짠지의 식감이 느껴지면, 그 시원한 국물이 목구멍으로 넘어가면, 그 순간 판단이 정지된다. 앞에 앉은 이들이 아득해진다. 온갖 세상사는 페이드아웃되고 오로지 나와 막국수뿐이다.

무릇 기교 없는 맛들이 더 강렬한 힘을 지닌 듯하다. 함흥냉면보다는 평양냉면이, 춘천식 막국수보다는 답십리 성천막국수가 그리고 김치말이밥이 그러하다. 그것들을 먹을 때 나는 내 몸의 공간성을 온전히 느끼며, 그 순간 우주를 상대하는 개인이 된 듯한 착각을 살짝 경험한다. 마치 열전도율 이미지를 보듯 입술에서, 입에서, 목구멍에서, 식도에서, 위에서 그러다가 사지로 번져가는 기교 없는 맛들의 충만함. 나는 아득아득 열반에 든다.

보가 되는 느낌이라니

나는 삼계탕류를 별로 좋아하지 않는다. 여름 더위에 지칠 때 삼계탕이 몸에 기운을 북돋아주는 음식이라고 하는데, 나는 몸보신을 하기 위해 음식을 먹는 일에는 별로 관심이 없다. 생각해보니 관심도 없었고 음식을 먹었을 때 뭔가 보補가 된다는 느낌을 받아본 적도 없었던 것 같다. 없었는데……. 그만 알게 되었다. 몸에 좋은 느낌으로 먹는 음식을 말이다.

내게 보가 되는 느낌의 음식은 두 가지다. 물론 그렇다고 해서 맛이 없다는 건 아니다. 맛도 있는데, 둘 다 제주도에 있는 식당에 있다. 하나는 너무나도 유명한 우진해장국의

먹는다는 일에 대한 묵상

고사리육개장, 다른 하나는 대도식당의 옛날메밀복국이다. 균형감 있게 전자는 제주시에 있고 후자는 서귀포시에 있는 식당이다. 해장국은 별로 안 좋아하지만 우진식당은 그 유명세의 맛이 궁금해서 찾아간 곳이고 대도식당은 그야말로 얻어 걸린 식당이다. 서귀포 칠십리길 쪽을 어슬렁 산책하다가 우연히 눈에 띈 허름해 보이는 건물. 간판은 대도식당이었다. 서울에서 대도식당은 고깃집으로 유명한데 여기는 복집이었다. 제주도의 복집이라⋯⋯. 지나가면서 보니 오래되어 좀 낡은 건물이 관록 있어 보이고, 아침 식사가 되는 곳이었다. 8시에 열어 3시에 닫는단다. 뭔가 촉이 발동했다. 여긴 가보고 싶은걸? 그러나 이미 식사 후였다. 내일은 내일의 식욕이 발동할 터이니 위치를 기억해두며 숙소로 돌아왔다.

서귀포에서는 일어나면 11시였다. 어중간하게 아점을 하고 제대로 된 저녁을 먹으면 하루가 갔다. 식당에서의 한 끼는 그러므로 대개 저녁에 해당한다. 그런데 그 식당에 가려면 그런 느지막한 기상은 안 될 일이었다. 3시에 영업 종료라던데 그나마 식재료가 떨어지는 대로 문을 닫는다고 했다. 어쩌면 못 먹을 수도 있으니 일찍 가야 한다고 마음으로 그리 서둘렀지만 결국 점심 때가 지나서야 도착했다. 빈 테이블이 딱 하나 남아 있었다. 대부분 손님들은 점심시간에 나온 직장인이거나 퇴임했음 직한 나이 든 이들이었다. 우리는 마지막 한 자리에 얼른 가 앉았다. 주문을 하라는데, 갈등이 시작되었다. 많이들 주문하는 것은 김치복국이라는 메뉴였다. 물론 시원하겠지. 그런데 그 맛은 어느 정도 예상이 되었다. 나는 좀 모를 것 같은 메뉴에 도전을 해보고 싶어졌다. 이름하여 옛날메밀복국. 주문 받는 이에게 물어보니 호불호가 있는 음식이란다. 추천하는 눈치는 아니었지만 그러나 이 메뉴도 좋아하는 손님들은 좋아한다는 설명을 덧붙였다. 역시 장사를 잘하는 이의 멘트로군, 생각하면서 잠시 망설이자 휙 주방 쪽으로 가버렸다. 아, 갈등이다. 알 것 같은 맛있는 맛을 선택할까 아니면 호불호가 갈리지만 매니악해 보이는 맛을 선택할까. 같이 간 선배는 이미 김치복국으로 선택을 마쳤다. 서귀포까지 왔으니 성공하고 싶었다. 두 손을 마주하고 가운데 여섯 손가락을 분주하게 맞부딪히며 잠시 고민을 하다가 배팅을 했다. 전 옛날메밀복국 주세요.

김치복국이 먼저 나왔는데 정갈해 보이는 냄비에 담긴

김치복국은 휴대용 가스스토브에 끓여 먹는 방식이었다. 김치복국 한가운데 부라타치즈처럼 보이는 이리가 두 덩이 얹혀 있었다. 국물을 떠서 먹어 보니 시원하고 맛 좋은, 예상한 맛이었다. 옛날메밀복국은 시간이 좀 더 걸렸다. 그리고 그냥 대접에 담겨 나왔다. 이건 왜 이렇게 나오지? 살짝 서운해하며 한 입 떠먹어보는데, 앗! 이건 뭐지?!! 먹는 순간 뭉긋하게 뱃속이 편해지면서 퍼지는, 톡톡하고 수더분하고 편한 맛이었다. 물론 옛날메밀복국에는 김치 같은 매운 요소가 전혀 없었다. 충격적 편안함이었다. 몇 숟가락 더 먹으면서 그 충격을 가라앉히고 어떤 재료가 들어간 걸까 살펴보았다. 메밀 반죽의 수제비도 건져 먹어 보았다. 나는 수제비를 정말 좋아한다. 얇고 매끈한 수제비도 맛있지만 좀 두툼하여 밀가루의 질감과 내음이 느껴지는 수제비를 더 좋아한다. 메밀수제비 모양은 후자에 가까웠다. 그러나 쫄깃함은 전혀 없이 퍼석 씹혔다. 아, 이거 순 메밀 반죽이로구나 생각하며 쫄깃하지 않은 그 식감을 즐겼다. 그러고 보니 가늘게 채친 무가 잔뜩 들어 있다. 무와 메밀 그리고 복어 몇 덩어리. 그러니 이렇게 속 편하고 순한 맛이 날 수밖에 없지 싶었다. 국물은 맑지 않고 도타운 식감에 조금 무게감이 있었다. 어쩌면 메밀수제비를 삶으면서 생긴 질감인가 싶기도 했다. 이것은 제주 고유의 조리법임에 분명했다. 제주 빙떡이 번철에 기름 둘러 메밀 반죽 올리고 그 위에 무채 얹어 부쳐낸 음식이 아닌가. 그러니 이 음식에 '옛날'이란 수식어가 붙은 것도 자연스러웠다. 예로부터 제주 사람들이 그렇게 끓여 먹었던 음식이었을 게다. 김치복국에 들어간 이리는 입안에서 부라타치즈보다 더 부드럽게 사라졌다. 어렸을 때는 손도 못 대던 이리나 고니를 이제는 잘 먹는다. 큭— 어른 입맛이 된 것이다. 옛날메밀복국은 속도 전혀 아프지 않은 내 배조차 위로해주었다. 위가 약한 사람이라면 이 음식은 약으로라도 먹어야 하지 않을까? 김치복국에 든 복도, 옛날메밀복국에 든 복도 쫄깃하니 맛있었다. 몸에 좋은 맛이라고 말하지 않을 수 없는 그런 좋은 맛이었다.

옛날메밀복국을 먹으면서 속이 아주 편안해지는 위로를 느꼈다면 고사리육개장을 먹고 나서는 내 몸에 에너지가 충전되는 듯 내 몸이 보가 되는 느낌이 들었다. 보양식을 먹겠다고 생각한 적이 별로 없으므로 이런 기분도 처음이었다. 사실 나는 돼지뼈를 우려낸 국물을 좋아하지 않는다.

일본 라면을 먹으러 가도 돈코츠라면이 아니라 미소라면이
나 시오라면 같은 맛을 선호한다. 그래서 제주에 그리 여러
번 갔어도 몸국은 시도조차 못했는데 무슨 바람이 불었는
지 우진식당 해장국에 도전하고 싶어졌다. 이유는 잘 모르
겠다. 아무튼 시간 여유가 있었기에 가능한 일이었다. 늘 긴
줄을 서서 기다려야 먹을 수 있는 집이기 때문이다. 주문은
미리 해놓았다. 몸국과 고사리육개장 둘 다 돼지뼈 육수를
사용하기에 나는 내가 좋아하는 고사리에, 육개장 두 단
어가 조합된 고사리육개장을 골랐다. 막상 나온 음식은 보
기에 육개장과는 전혀 닮지 않은 그런 모습을 하고 있었다.
아, 잘 시킨 것일까? 상 위에 있는 썰린 고추를 넣고 후춧가
루를 팍팍 뿌린 후 첫술을 떠먹었다. 처음에는 조금 낯설었
다. 일단 고사리 형체가 보이지 않았다. 아, 이건 소고기 육
개장과는 전혀 다른 음식이구나 싶었다. 고사리는 잘게 다
져져 줄기가 보이지 않았다. 그래도 맛은 괜찮네라고 생각
하다가 아니, 맛있네 쪽으로 바뀌어갔다. 분명 돼지 육수의
느낌은 있었지만 맛이 있었다. 그리고 먹으면서 더워졌다.
다 먹고 나서는 아, 이건 밥을 먹은 것인가 아니면 무슨 보
약을 먹은 것인가 싶었다. 온몸에 차오르는 힘 같은 게 느

껴졌다고나 할까. 아무튼 음식을 먹고 그런 느낌이 든 건 처음이었다. 내 몸에 보가 된 것만 같은 음식. 진정한 식보食補란 이런 것인가? 그러나 이후로 제주에 갔을 때는 그렇게 기다릴 여유가 없어 여태 그 한 번이 전부인 채로 입맛만 다시고 있다.

보가 되는 음식이라니. 또 그런 느낌을 감지하면서 좋아하다니. 한 번도 느껴보지 못한 경험이다. 그간 보양식을 전혀 먹지 않은 건 아닐 것이다. 좋아하진 않지만 삼계탕도 먹고 장어덮밥도 먹고 또 뭘 먹었더라? 아무튼 그렇다. 그러나 그냥 맛을 생각하며 먹었을 뿐 내 몸에 보가 되는지 마는지는 관심도 없었고 느껴지지도 않았다. 그러나 고사리 육개장을 먹고 나서는 에너지 충전을 느꼈고 그 느낌이 좋았다. 그 맛이 좋기도 했지만 더 좋았던 것은 보가 되는 느낌이었다. 이게 뭐지 싶었는데, 알 것 같았다. 나도 나이가 들고 나이에 걸맞게 약해진 것이다. 이전에도 이런저런 것을 먹었겠으나 내 몸이 이미 충전되어 있으니 그런 음식들을 먹어도 보가 된다고 느낄 수가 없었던 것 같다. 보가 되기는커녕 내 몸의 에너지에 팅겨 나가버린 것은 아닐까. 그러니 에너지는 의미 없고, 싫고 괜찮고 등의 맛만 남았던 것 같다.

좋은 것도 합이 맞아야 의미가 될 수 있다. 몸에 좋은 어떤 것도 내게 빈 공간이 있어야 비로소 받아들일 수 있는 게 아닐까. 그러니 보가 되는 음식을 발견했다고 박수를 칠 일도, 신기해할 일도 아닌 것이다. 내가 이제야 그 합을 맞춰 그 음식을 알아봐줄 수 있는 상태에 이른 것인가 보다. 인부지이불온人不知而不慍, 사람들이 알아주지 않아도 서운해하지 않았으니 고사리육개장아, 네가 군자로구나.

정성의 어려움

제주도 먹는 얘기 하나 더. 보가 되는 느낌은 아니지만
시원깔끔한 맛에 들르게 되는 제주시 식당이 하나 있다. 유
럽에 가면 구도심이 운치가 있듯이 제주도도 제주목 관아
주변의 도시 분위기가 마음에 든다. 제주목 관아에 들어서
면 뜨락 연못에 외다리로 서 있는 새 한 마리가 보인다. 학
인지 왜가리인지 잘 모르겠으나(털빛으로 봐서 적어도 학
은 아닌 것 같다!) 그 새는 소박한 그곳이 한 폭의 고즈넉한
풍광이 되도록 만들어준다. 긴 목을 꼬나박고 기다란 다리
로 서 있거나 긴 목을 길이대로 움직이며 우아하게 서 있는
새는 마치 눈도 외눈일 것만 같다. 풋, 이건 순전히 내가 한

방향에서만 보기 때문일 것이다. 조금 지켜봐도 그 새는 나한테는 관심도 없다.

이렇게 제주목 관아 가까운 곳에 이름도 정성스럽게 느껴지는 '정성듬뿍 제주국'이라는 식당이 있다. 된장뚝배기나 몸국도 있는 것 같지만 생선국이 그 집의 주종목이다. 멜국, 각재기국, 갈치국, 장대국 등. 멜국은 큰 멸치로 끓인 국, 각재기국은 전갱이로 끓인 국 그리고 장대나 갈치국은 이름 그대로 장대나 갈치 한 마리에 배춧잎을 많이 넣고 끓여낸 국이다. 국이 나오면 상 위에 놓인 다진 마늘을 넣어 먹으면 된다. 맵싸한 맛을 좋아한다면 그 옆에 놓인 썰린 고추를 넣어도 좋을 것이다. 처음에 생선국이라는 단어를 들었을 때는 비리면 어쩌지 하는 생각이 들었다. 예전 부산에서 가자미같이 생긴 생선 넣고 끓인 미역국을 먹은 적이 있다. 광어였을지도 모르겠다. 그때도 비릴까 걱정했지만 전혀 비리지 않고 깨끗하니 맛있어서, 멸치나 소고기, 대합 말고도 미역국을 끓여낼 수 있는 재료가 더 있다는 것을 알게 되었다. 그 기억을 떠올리며 각재기국을 시켜 보았다. 음, 짝짝짝! 맑은 생선 육수에 배춧잎 어우러진 맛은 세상 시원했다. 툭 하니 통째로 들어간 생선 한 마리에, 뚝배기 가

득한 배춧잎이 만들어내는 조화가 희한하게도 풋내도 비린

내도 없는 시원함이었던 것이다. 와우, 다시 짝짝짝!!! 멜국

을 선택하는 손님들도 많았다. 같이 간 친구의 멜국을 살짝

맛봤는데 난 각재기국이 더 좋았다.

　물, 생선, 배춧잎—. 이렇게 재료가 간단한데 말이다. 아

마도 깨끗한 물, 싱싱한 생선, 신선한 배추여서 그렇겠지.

재료가 좋다 해도 이렇게만 있어도 된단 말인가? 궁금해

하며 머릿속에서 국을 끓여보다가 정지. 난 아닐 것 같다.

내게 저런 재료가 있다손 쳐도 저렇게 끓여낼 수는 없을 것

같다는 생각이 들었다. 그럼 뭐지? 어머니 손맛? 주방장 손

맛? 끓여내는 이가 누구든 숙련된 노련한 솜씨를 지녔기

에 가능한 맛일 것이다. 손맛을 지닌 사람들이 있다. 손맛

은 최후의 조미료다. 그런 생각을 하다가 상호에 눈이 갔다.

정성듬뿍 제주국. 그래, 맞다, 이런 국이야말로 제주식 국이

지. 그런데 그 국에는 물, 생선, 배춧잎 외에도 정성이 듬뿍

들어갔다고 말하고 있구나. 매우 설명적인 상호였다. 그 가

게의 주방을 담당한 이는 분명 경륜 있고 손맛을 지닌 분일

게다. 그런데 강조하는 것은 '정성듬뿍'이다. 그렇다. 그 국에

는 맑은 물, 싱싱한 생선, 신선한 배춧잎 외에 만든 이의 정

성도 듬뿍 들어가 있음을 강조하는 문구다. 매력 어필의 요처는 정성듬뿍이었다.

'정성듬뿍'. 정성은 듬뿍이 제격이다. '정성대강' 이런 건 아예 어색한 조합이지 않은가. 정성이란 원래 속성이 그런 단어인 것이다. 우리는 흔히 집밥 혹은 어머니가 차려주는 밥에는 정성이 들어갔다고 생각하는 경향이 있다. 노련한 주방장의 음식은 정확한 조리 방법 혹은 '셰프의 킥' 등의 전문적 영역으로 간주되기도 한다. 그러니 정성 같은 단어는 아마추어의 영역일 것 같아 보인다. 그러나 사람들이 좋아하는 식당은 음식 맛은 물론이고 청결, 응대, 가격 등 여러 요소가 어우러져 생겨나는 것이다. 한번 유명해졌다 해도 한결같은 상태를 유지하지 못하면 그 식당의 음식은 열없어진다. 맛과 상관없어 보이는 쓸고 닦고 하는 일, 물병 하나도 깨끗하게 관리하는 일 같은 사소한 것이 중요해 보인다. 집밥이 식구를 생각하는 마음에서 비롯한 정성이라면 한결같음을 유지하는 식당의 정성은 초심이라는 단어와 가까워 보인다.

요새 나는 음식에 예전 같은 정성을 기울이지 않는다. 좀 대강대강 한다. 이유는 있다. 건강상 다 넣지 말고 간도 줄이고 맛도 줄이자, 뭐 이런 이유를 대기도 하고, 또 제대로 다 하려니 귀찮기도 하다. 예전에는 그 모든 과정을 제대로 하는 게 재미졌는데 요즈음에는 웬만한 건 뚝 잘라먹고 생략한 채로 끓인다. 좀 익숙해지니 어찌 대충하면 비슷하게는 될 것 같다는 생각이 들기 때문이다. 결국 맛은 양보를 해야 한다. 이렇게 하면서 딱 떨어지는 맛까지 기대할 정도로 터무니없지는 않기 때문이다.

베테랑 주부도, 숙련된 조리사도 아닌 나는 난생처음 해보는 음식을 했을 때가 제일 맛있게 되는 것 같다. 요리책을 보며, 넘어가려는 책장을 자꾸 누르면서 더듬더듬 서툴게 한 음식들이 맛있게 되는 것이다. 어떻게 하는지 모르는 음식이니 요리책에서 시키는 대로 하는데 이때의 마음가짐이 '정성껏'에 해당하나 보다. 그런데 몇 번 해서 익숙해지면 그런 노력이 좀 휘발된다. 익숙해진 것에도 처음 할 때처럼 정성을 들이는 것이 결코 쉽지 않다는 걸 발견한다. 한결같은 노력을 유지하는 일은 어렵다. 정성이 옅어지니 맛도 떨어진다. 그러고 보니 이선 비난 음식을 하는 일에만 적용되는 건 아닌 것 같다. 이제는 육체적 한계를 받아들이는 일에 익숙하고, 그래서 좀 느슨하게 사는 일에도 익숙해진 것 같다는 생각이 드는데 그러면서 동시에 이런 익숙함은 결코 좋기만 한 징조는 아니겠구나 싶은 생각이 든다. 사는 일에 다시 정성을 들여야겠다. 초심은 나이 들어서도, 아니 나이 들어 내 일에 어느 정도 익숙해졌다고 느낄 무렵 더욱 필요해 보인다. 음식 맛의 마지막 한 끝이 정성이듯 내 인생의 마지막 한 끝도 어쩌면 그런 정성일 수 있겠다.

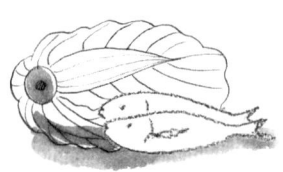

서울에서 둘째로 잘하는 집에서
단팥죽을 먹으려면

살던 중 요즘이 가장 어수선한 것 같다. 곳곳에 지진이
나고 홍수가 나고 빙하는 녹아내리며 크고 작은 화재가 끊
이지를 않는다. 히잡을 벗겠노라는 운동을 벌이다 잡혀가
고 이에 동조한 이들에게 사형 위협이 가해지며, 독재정권
에 항거하다 죽어가며 호소해도 이젠 뉴스로 다뤄지지도
않는다. 역사의 수레바퀴가 어떻게 굴러갈지 빌어 축수하
는 마음이 된다. 그 무엇보다 비극은 전쟁이다. 전쟁은 우리
삶에 바짝 붙어 영향력을 행사한다. 우크라이나 전쟁은 우
리 삶에 에너지 위기라는 직격탄을 날리고, 북한에서 미사
일을 쏠 때마다 여기에 대통령이 확전 불사 등의 단어를 말

할 때마다 불안감이 밀려온다. 전쟁 앞에 일상은 짓뭉개지고 만다. 일 년 전쯤 T V 뉴스에서 전쟁 가능성을 묻는 기자에게 우크라이나 국민들이 답하던 장면이 떠오른다. 그들은 일상의 풍경을 배경으로 걱정스런 표정을 지어 보였다. 그러면서도 실제로 전쟁이 일어나지는 않겠지라고 생각했을지도 모르겠다. 하지만 얼마 후 그들의 일상은 철저하게 파괴되었고 우리는 시시각각으로 뉴스를 통해 그런 장면들을 전송 받는다. 남의 일이 아니다 싶다.

얼마 전부터 나는 주변의 서울을, 강북을 즐긴다. 경복궁 근처를 걷거나 서촌에서 팔판동으로 넘어가 삼청동 산책을 하다 보면 잘 가꿔진 그 거리들이 새삼 소중한 내 일상으로 느껴진다. 태어나 60여 년을 서울에 살면서 서울이, 강북의 공간들이 이렇게 살뜰하게 내 삶에 밀착해 들어오는 경험을 하게 된 것은 요 몇 년 사이의 일이다. 이렇게 사랑하는 마음이 생기니 지키고픈 마음도 비례해 커지나 보다.

나는 팥죽을 좋아한다. 내가 좋아하는 팥죽은 쌀 넣고 쑤는 동지팥죽이다. 결코 달아서는 안 된다. 새알심이 들어가서도 안 된다. 한증막 식당에서 먹는 미역국에 넣는 새알심은 환영이지만 팥죽에 들어간 새알심은 이상하게 당기지가 않는다. 나는 그렇게 팥맛과 잘 퍼진 쌀맛을 느끼며 먹는 동지팥죽이 좋다. 내가 듣기로는 이건 서울식이라고 한다.

같은 팥을 재료로 하지만 내가 즐겨하지 않는 것은 팥국수 쪽이다. 전라도식인데 팥국물을 곱게 잘 낸 후에 그 국물에 밀가루 국수를 말아먹는 것이다. 여기에는 설탕을 넣어 먹는 이들도 많은 것 같다. 그리고 이 팥국물에 찹쌀 새알심을 띄워 먹기도 한다. 먹는 이의 취향에 따라 선택하면 될 일이지만 나는 아직까지는 서울식 동지팥죽이 맛있다.

그리고 또 하나의 팥죽, 일본식 단팥죽이 있다. 이 역시 팥국물에 덩그러니 찹쌀떡이 한 개 들어 있고 삶은 밤, 은행 같은 고명이 올라가는데 이 팥죽은 달아야 제맛이다. 내가 갈 수 있는 근방에서 이 단팥죽을 맛있게 하는 집은 삼청동에 있는 '서울에서 둘째로 잘하는 집'이다. 게을러서인지는 몰라도 생각난다고 해서 곧장 먹으러 가게 되지는 않는다. 한 끼 밥도 아닌데 굳이 삼청동까지 가게 되지는 않으며, 그 근처에 갔을 때에는 단팥죽 생각이 나더라도 먹을 엄두가 나지 않을 때가 많다. 양이 많아서 밥을 먹고 디저트로 먹기에는 너무 배가 부르기 때문이다. 그래서 이래저래 갈 기회를 잡기가 어려운데, 언젠가 점심을 잘 먹고도 그 단팥죽을 먹으러 간 적이 있다.

그날 우리는 고전소설 강독을 마친 후 정동에 있는 추어탕집에 갔다. 한창 붐빌 점심시간은 피해서 1시 반쯤 갔나 보다. 추어탕은 난생처음 먹어본다며 주저하는 후배에게 나도 그랬었다며 한번 먹어보면 완전 반할지 모른다고 말해주었다. 잠시 후 후배는 과연 내 말대로 추어탕을 음미하였다. 점심을 다 먹은 후 다른 일행이 갑자기 삼청동 단팥죽이 먹고 싶다고 했고, 배가 부른데도 우리는 그 소원을 이뤄주기 위해 방법을 강구하였다. 너무나 아름다운 가을날이었다. 세상에, 가을나뭇잎들이 봄꽃보다도 훨씬 더 예쁜, 춥지도 덥지도 않은, 그렇게 좋은 날이었다. 우리는 정동에서 삼청동까지 걸어가기로 했고 가을날 오후의 풍광에 휘감겨 광화문 큰길을 걸었다. 주차가 여간 힘든 게 아닌 삼청동은 차가 없어야 즐길 수 있다. 걸어가는 우리에게 삼청동 길은 여유롭기 그지없었다. 그렇게 걸어 도착하니 밥을 먹은 후인데도 단팥죽을 먹을 수 있었다. 단팥죽에 들어 있는 찹쌀떡을 조금 베어 먹기까지 한 것은 정말 몇 년만의 일이었다.

그렇게 훌륭한 점심을 마치고 돌아오는 길에 우리는 택

시를 탔다. 학교로 돌아가서 해야 할 일들을 하나씩 격파해 나가야겠다고 생각하고 있는데 택시기사가 흥분한 목소리로 말했다. 지금 무슨 일이 일어나고 있는지 아느냐고, 지금 연평도에는 포탄 떨어지고 전쟁 같은 상황이라면서 라디오 볼륨을 높였다. 갑자기 정동에서 삼청동까지 가을을 즐기며 걸은 일도, 단팥죽에 감탄하며 점심을 마친 일도 다 신기루처럼 느껴졌다. 소소하고 구체적이며 행복했던 일상은 회오리바람에 휘말려 저만치 소실점으로 멀어져 버리는 것 같았다. 서울에서 둘째로 잘하는 집에서 단팥죽을 먹으려면 적당히 소화된 뱃속이 필요한 게 아니라 평화가 필요하다.

무거운 즐거움, 가벼운 즐거움

밥맛

어렸을 때 나는 세상에 이해하기 힘든 것이 밖에 나가서도 밥을 사 먹는 것이었다. 밖에서라면 나는 국수 아니면 빵을 선택했다. 밥은 집에서 늘 먹는 것이고, 게다가 나는 소화도 잘 되었다. 흑, 지금은 좀 덜하지만. 하지만 밖에서 밥을 먹게 되는 경우에도 밥맛이 없었던 적은 별로 없다. 그러니 학교식당 밥이 맛없어서 못 먹겠다는 친구의 입맛은 내게는 참 요원한 그 무엇이었다. 그런데—

이제 나는 밖에서도 밥을 찾는다. 집에서 밥을 먹는 횟수보다 밖에서 사 먹는 일이 더 빈번하게 된 지금은 밥이 당긴다. 물론 지금은 소화 기능도 좀 떨어졌다. 소화제 회사

무거운 즐거움, 가벼운 즐거움

가 망하지 않는 게 의아했던 좋았던 시절은 아스라한 벨 에 포크belle epoche가 되어버렸다. 그리고 밥맛을 너무나도 잘 구별하게 되었다. 방금 한 밥은 세상에서 가장 특별한 음식이다. 다른 반찬이 필요 없다. 그냥 밥만 씹어도 충분하다. 뜨겁고 차지고 달다. 이제 막 솥뚜껑을 열고 푼, 그야말로 차르르하니 뜨거운 밥에 계란 하나 깨뜨려 넣고 장조림 국물 넣어 비비면! 너무 많이 먹어 탈인 계란밥이 된다.

밖에서 잘 지어진 밥을 만난다는 것은 행운이다. 참으로 감사한 일이다. 그러고 보니 우리 대학 정문 앞에는 밥 자체의 맛이 좋은 식당은 별로 없는 것 같다. 아니 아예 밥집보다는 파스타집과 분식집 그리고 마라탕 하는 집이 많다. 대기업 요식업체가 대행을 하는 학교 식당들도 역시나 밥맛은 별로다. 외려 맛없는 쪽에 가까울 듯. 학교 앞에서 소화 잘되는 밥이 먹고 싶은 날에는 학교 앞 전철역 부근 일식집에 간다. 생긴 지 꽤나 오래된 식당인데 지금까지 일정한 맛을 유지하는 집이라는 생각이 든다. 그리고 또 어디 밥맛이 괜찮더라? 잘 생각이 나지 않는다.

물론 없지는 않다. 얼마 전 들른 파주의 불고기식당도 밥이 아주 맛있었다. 한 그릇 더 먹고 싶을 정도로 말이다.

그러나 파주는 너무 멀다. 내가 직접 꼬박꼬박 새 밥을 지어 먹으면 좋겠지만 한 번 할 때 어느 정도 해서 소분해 냉동을 한다. 그러니 처음 한 끼 외에는 늘 냉동밥을 데워 먹는다. 요즘 귀한 것은 방금 한 밥, 냄비 바닥에 고소한 향과 함께 살짝 눌은 밥 그리고 좀 더 눌어붙은 누룽지와 그 누룽지를 끓여 만든 숭늉이다. 방금 한 밥, 살짝 눌은 밥, 누룽지, 숭늉 네 가지는 한 세트다. 뜨거운 흰 밥을 톡톡하고 바다 내음 나는 김에 싸서 간장을 콕 찍어 먹고 싶다. 적당하게 살짝 눌은 밥의 고소찐득한 식감을 즐기며 잘 긁어 담아낸 그 밥을 꼭꼭 씹어서 먹고 싶다. 물을 조금 두어 끓인 누룽지는 밥공기에 수북수북 담아 구수구수하게 먹고 싶다. 어리굴젓이라도 있으면 금상첨화겠다. 그리고 따끈한 숭늉을 훌훌 마시면 환상의 밥 세트 완성이다. 어려울 것도 없어 보이지만 막상 이렇게 해 먹으려면 쉽지는 않다.

밥맛, 밥의 맛. 이 역시 순전한 맛에 속한다. 나이 먹는다는 것, 밥맛을 알아가는 일이다.

술맛

나는 술을 많이 마시지는 않는다. 자주 마시지도 않는다. 대학생 때도 고주망태가 되도록 마셔본 기억은 없다. 탈춤반을 했던 내가 술을 그렇게 마시지 않고도 동아리 수련회며 공연에 빠짐없이 끼었던 것은 아마 선배들의 관용(?)과 나의 고집 덕분이었을 것이다. 내가 술을 자연스럽게 마시게 된 것은 한참 뒤의 일이다.

어떤 이들은 술은 취하기 위해, 잊기 위해 마신다고 하지만 나는 술도 맛으로 마신다. 술도 음식의 한 종류인 것이다. 내가 술에 대해 약간의 편견을 버리게 된 계기는 정말 맛있는 복분자주 덕분이다. 어느 해 1월인가 무슨 심사를 마친 뒤 저녁을 먹으러 한 식당에 들어갔다. 국립도서관 부근에서 그냥 들어간 곳이었다. 식당 벽면에는 삼합부터 삼합과는 전혀 어울릴 성싶어 보이지 않는 메뉴까지 줄줄이 적혀 있었다. 메뉴판을 보면서 내 안에서는 약간의 의구심이 고개를 쳐들려는데 다른 이들은 순편하게 주문을 시작하였다. 아주 편한 자리는 아니었고 메뉴 중에 딱히 먹고 싶은 음식이 있는 것도 아니어서 심드렁해하던 참이었다. 그때 한 분이 특별한 게 있다며 뭔가를 내놓았다. 복분자주라는데, 식사 자리에서 마시기 위해 특별히 받아 온 거란다. 과연 상표도 붙지 않은 페트병에 진한 자줏빛이 비쳤다. 이 술을 담근 이는 오랫동안 수덕사에서 비구니로 지내다 파계한 후 차를 다루는 일을 한다고 했다. 그가 특별히 담가놓은 복분자주가 있다고 해서 얻어 왔다는 설명이었다. 그때까지 나는 복분자주를 별로 좋아하지 않았다. 아주 가볍지도, 그렇다고 묵직하지도 않은데, 단맛이 강해서였다. 애매한 맛이라고 생각했다. 그래서 한 잔 받아만 두려 했는데, 웬걸 향이 좋다. 인공석인 향내가 섞이지 않은 순진한 과일향이 코를 가볍게 자극하자 나는 얼른 맛을 보고 싶었다. 한 모금 머금었는데, 또 웬걸 안 달다. 그리고 예상보다 훨씬 진하고 무게감 있는 맛이었다. 아, 맛있다, 맛있다! 향기 가득하고 부드럽고 적당하게 무겁고 톡톡한 맛이었다. 한 모금 한 모금 마실 때마다 감사했다. 이런 복분자주를 마시게 되다니!

다른 사람들은 식사하면서 마셨지만 나는 그럴 수가 없었다. 주문한 음식은 삼합같이 향이 강한 것들이었다. 삼합 자체도 그렇게 당기지 않았지만, 섞었다가는 복분자주를 상하게 하는 치명적인 상태가 될 것이 분명했기 때문이다. 다들 밥과 함께 먹으라고 권했지만 나는 복분자주만 마셨다. 도저히 다른 음식으로 그 향을 해칠 수 없었다. 언제 다시 올지 모르는 귀한 기회인데 그렇게 허망하게 만들 수는 없었다. 나는 한 잔 한 잔 깊이 음미하며 천천히 마셨다. 복분자주를 가져온 분에게 일정한 기쁨과 동시에 깊은 인상을 남겼지 싶다. 이제껏 권해도 맥주조차 잘 안 마시려던 자가 모든 걸 마다하고 복분자주만 마시고 있으니 뜻밖이라는 표정이었다. 그리고 잠시 후 아쉽게도 술병은 동이 났다. 한 대여섯 명 되었는데 술병이 그리 크지 않았기 때문이다. 그나마 내가 가장 많이 마실 수 있어서 다행이었다. 그 뒤에도 이런저런 복분자주를 마셔봤지만 팔기 위해 만든 술

64

들은 그 술을 당할 수가 없었다.

담근 술 중에 또 인상 깊은 술이 있다. 솔방울술이다. 예전에 한 친구가 안면도에서 일을 한 적이 있었다. 그 친구를 통해 맛있는 해산물들을 즐길 수 있었는데 내가 하도 먹는 걸 좋아하다 보니 그 술도 내 차지가 되었던 것 같다. 이미 담근 술의 일회적 기쁨을 맛본 나로서는 마다할 이유가 없었다. 안면도는 소나무도 유명한데, 깨끗한 솔방울 작은 것들을 따서 솔잎과 함께 소주에 재운 술이었다. 한 달쯤 지나서 먹으라고 해서 그때 맞춰 개봉해보니 아직 풋맛이었다. 조금 더 묵혀 맛을 봤더니, 아, 이건 또 무슨 향이란 말인가. 그윽하게 숙성된 솔방울 향이 부드럽고 풍부하게 코끝을, 혀끝을 자극하며 목으로 넘어가는 맛이란! 자극적이었지만 좋았다. 그래서 작은 병에 담아 지인들에게 반주하라고 나눠주고 조금 남겼다. 더 두면 더 숙성되고 더 좋을 줄 알았다. 그런데 그렇지는 않다. 풋맛보다는 나았지만 정점을 넘겨버린, 긴장감 떨어지는 맛이 되었다. 그래도 잘 숙성되었던 솔방울술 향은 지금도 코끝에 어리는 것 같다.

이 두 번의 만남 이후로 나는 술에 대한 경계가 풀렸다. 경우에 따라 음식을 보면 그 음식에 어울리는 술 한 잔이 간절해지곤 한다. 그래야 음식도 산다는 걸 경험했기 때문이다. 그런데 이 깨달음이 때로는 불편함이 되기도 한다. 내가 교회에 다니기 때문이다. 사실 술과 교회 둘을 대상으로 우선순위를 매기라면 망설임 없이 교회를 택하겠지만, 그러나 다행히도 내 주변에는 양자택일 같은 그런 비이성적이고 얼토당토않은 요구를 하는 이들은 없다. 그래도 굳이 교회에서 술을 마실 일은 없다고 생각했는데 어느 해 김장철에 교회 김장을 돕는데 점심으로 수육이 나왔다. 우리 교회 식사는 정말 맛있다. 코로나 전, 주일날 점심에 제공되던 밥은 내가 다녔던 교회 점심 중 으뜸가는 맛이다. 김장겉절이에, 잘 삶은 돼지고기 수육을 보고 있노라니, 더도 말고 덜도 말고 딱 소주 한 잔이 아쉬웠다. 소주 한 잔의 가상 이미지가 내 머릿속을 뱅뱅 맴돌며 사라지지가 않았던 기억이다.

　음식과 곁들여 좋은 술, 내가 제일 좋아하는 술은 중국술이다. 흔히 백주라고 부르는 이 술은 중국음식과 먹으면 정말 음식 맛도 살리고, 술맛도 산다. 이것저것을 마셔볼 기회가 있었는데 백주는 역시 50도는 넘어야 맛이 난다. 확 뜨거운 술, 그 뜨거운 맛이 내 식도의 존재태를 감지하게 해준다. 물론 식당에서 훠궈—그것도 홍탕—와 같이 마시는 백주도 좋지만, 집에서 밤새 친구 한둘과 마주 앉아 중국음식 몇 가지를 앞에 두고 작은 잔에 홀짝홀짝 마시는 백주는 워 띵 호아~. 뒤끝도 깔끔하다.

조선시대 이옥이라는 작가가 쓴 〈협창기문俠娼紀聞〉이라는 작품을 보면, 이루어질 수 없는 대상을 마음에 품은 기생이 몰락한 그 남자와 함께 날마다 화주火酒를 마시며 잠자리를 같이하며 남자의 죽음에 연이어 자살하는 얘기가 나온다. 화려한 탕진사다. 그때 그 기생이 고른 화주가 이런 맛이었을까? 아니면 더 독한 무엇이었을까? 알 수는 없지만 술은 역시 독주가 맛있다고 생각한다. 독주는 한 잔이면 훌륭하다. 위스키도 언더락이 아니라 스트레이트 한 잔이 좋다. 타듯이 내려가는 그 맛이 짜릿하다.

제단 쌓기

교회를 언급하고 보니 생각난 것, 하나. 목사님 덕분에 상을 차린 일이 있다. 나는 때때로 상을 차렸다. 몇 가지 특별한 음식들을 해놓고 친구들을 초대하고, 친구들은 기꺼이 와서 함께 즐겼다. 나도 좋고 친구들도 좋아했다.

그런데 그 상은 사람을 위해 차린 상이 아니다. 우리 교회는 '산골'이라 불리는 외딴 공간을 함께 사용한 적이 있다. 부암동 백사실 계곡에 있었는데 어떤 이가 목사님에게 그냥 빌려준 곳이라고 들었다. 지금은 그 주인이 사용하겠다고 하여 철수하였다. 청와대 뒤쪽에 위치한, 당시 그린벨트에 묶여 개발 가능성이 요원해 보이던 곳으로, 서울 한복판에 이런 데가 있나 싶게 강원도 어딘가의 산골 같은 분위기를 풍겼다. 목사님은 버려지다시피 한 땅을 정리하고 거의 다 허물어진 낡은 흙집을 수리해서 성경공부도 하고 영성훈련 장소로도 쓰며 농사도 지으셨다. 나도 그 공간이 열릴 때 흙집 나무탁자에 원두커피 물도 입히고, 그곳에서 열리는 영성훈련에도 한동안 함께했다.

사실 나는 비관주의자였다. 중학생 때부터 신의 존재를 믿고 신앙심도 있었지만 비관을 극복하기 힘들었다. 태어난 것이 왜 기쁜 일인지 혼자 힘으로는 깨달을 수 없었고, 어느 날 용기 내어 어머니에게 물어본 적이 있다. 엄마는 태어나서 좋으시냐고. 내가 보기에 어머니는 내적인 충만함이나 기쁨 등과는 조금 거리가 있는 사람처럼 보였기 때문이다. 그런데 뜻밖에도 그런 당연한 걸 왜 물어보느냐는 답이었다. 아니, 저런 긍정적인 대답을 하실 줄이야. 나는 내심 놀랐다. 질문을 한 후 생각했다. 자신이 낳아 놓은 자식에게서 이런 질문을 듣게 된다면, 내가 엄마라면 큰 충격을 받을 것 같다. 나는 퍽이나 잔인한 질문을 한 셈이었다.

누군가 불치병 선언을 받는 걸 보면, 삶에 대한 기쁨이나 감사가 희미한 나는 이렇게 살아 있고 저토록 살고 싶어

하는 저 사람은 곧 삶을 마감할 준비를 해야 하다니, 아이러니하다고 생각했다. 지금 생각해보면 진정 개폼에 가깝지만 그때는 사실 내가 대신 죽어도 무방할 것 같다는 생각을 하곤 했다. 물론 지금은 아니다. 여하튼 교회를 다니면서도 죽고 싶다는 생각을 제법 자주 했으니 내 속에서의 갈등은 극에 달했다. 하나님을 믿는다고 했지만(그리고 실제로 신앙심도 있었다. 또 나는 성실하기까지 하다) 동시에 마음속 깊은 곳에서는 믿지 않았던 게 아닌가 싶다. 나의 구원자가 아닌, 나의 주인으로서의 하나님은 받아들이기가 어려웠다. 아마 내 고집 때문이었을 것 같다. 성경 어딘가를 보면 목이 곧은 혹은 굳은 자는 고생한다더니 과연 그런가 보다. 내가 교회 다니는 건 내 주변의 웬만한 사람들은 다 알고 있었으므로 사람들 시선들 속에서 적당한 선을 유지하며 행동하고 말하고 하는 것이 쉽지 않았다. 한 서른 중반까지 너무 비관적이어서 오히려 낙관적인 태도로 살 수 있었다. 삶에 대해 아무런 기대가 없었다고나 할까? 그저 공기처럼 가볍게만 살고 싶었다.

그러다가 영성클래스를 만났고 신앙이 새로운 단계로 접어들게 되었다. 어느 날 아침 일어났을 때 난생처음으로 느낀 내 따뜻한 콧김을 잊을 수가 없다. 스스로 느끼는 나의 따뜻한 숨결. 아, 내가 살아 있구나, 뭐 이런 느낌. 순간 비로소 내가 체온을 가진 동물임을 알았고 내 생명에 감사한 느낌을 얻을 수 있었다. 그게 시작이었던 것 같다. 그렇게 서서히 긍정적인 태도가 열리면서 하늘을 기다리는 자세를 알아갔다. 그러던 어느 날 연대에서 이대 후문 방향으로 가는 버스를 타게 되었다. 왜 그 버스를 탔는지는 기억나지 않고 별로 중요하지도 않다. 다만 버스 좌석에 앉아 차창 밖으로 하늘을 보다가 문득 든 생각—'아, 살아 있어서 행복하구나.' 어쩌면 병원에 갔다가 오는 길이었을지도 모르겠다. 어쨌든 그 생각이 머리를 스치고 지나가자 스스로에게 놀랐다. 아니, 내가 이런 상태가 되다니! 나는 비로소 삶이, 생명이 기쁨일 수도 있다는 걸 받아들이고 있었다. 비록 매우 늦었지만 하루하루 이렇게 긍정적으로 변화한다면, 감사할 수 있다면, 죽는 순간에는 연꽃 위에 오를 것만 같았다. 죽는 그 순간 바로 열반이 아닐까 하는 생각을 하며, 행복하고 감사했다.

'산골'에서 목사님을 만났을 때 그 이야기를 했다. 그러자 대뜸 목사님은 그런 일은 제단을 쌓아서 분명한 사실로 만드는 게 좋다고 하셨다. 그 말을 듣는 순간 나는 나의 기적을 놓치고 싶지 않았다. 순간 붙잡은 내 동앗줄이, 살아가면서 이런저런 일들 속에서 희미하게 잊혀지고 마는 슬픈 일은 정말 일어나지 말아야 한다고 생각했다. 나는 얼른 어떻게 하면 되느냐고 물었고 목사님은 '산골'에서 제단을 쌓으면 어떻겠느냐고 했다. 나는 순간 축자적으로 적용했다. 그다음 주에 '산골'에서 상을 차리기로 한 것이다. 그상은 내가 내 태어남에 감사하는 제단인 셈이었다. 그리고나는 '산골'의 부엌을 처음 이용한 사람이 되었다. 음식들을반조리 상태에서 용기에 담아 준비해 가고, 식탁에 올릴 그릇들도 챙겼다. 성경공부가 끝난 후 음식을 하면서 '하나님, 보고 계시죠? 이거 하나님께 드리는 제단이에요.'라고 속으로 되뇌었다. 혼자 하는 기도였다. 그렇게 제단을 준비한 후우리는 한 상에 둘러앉아 나눠 먹었다. 기쁘고 즐거운 점심이었다.

- 산골에서의 감사 제단

토마토 부르게스타 / 견과류 샐러드, 감자 샐러드 / 맥주 삼겹살 / 배추김치, 마늘종장아찌, 어리굴젓, 햇반 / 차와 커피

그때 쓴 일기 같은 것을 뒤적여 보니 메뉴가 있었다. 그리고 이렇게 적혀 있었다. '무거운 기쁨'이라고. 역시 가볍고 만만한 깨달음은 아니었나 보다.

나의 로망, 나의 워너비

한때 나의 로망은 시골 마당에 솥을 걸어놓고 닭 열 마리쯤 백숙을 끓이는 것이었다. 백숙은 그렇게 여러 마리를 넣고 한꺼번에 끓여야 제 맛이 날 것 같은데 혼자 사는 나로서는 노상 한 마리만 끓이게 된다. 하긴 그것도 나를 위한 것은 아니다. 나는 물에 들어간 닭은 별로 안 좋아한다. 그게 백숙이든 삼계탕이든 혹은 닭죽이든 말이다. 하지만 큰 가마솥에 닭 열 마리쯤 푹푹 고아 백숙을 만들어 마당에서 지인들과 함께 한때의 즐거운 시간을 보내는 일은 한 번 해보고 싶다. 이것이 나의 로망이다.

로망은 쉬이 이루어지지 않아서 로망이다. 이뤄질 것 같으면 그냥 하면 되지 무슨 로망 타령을 하겠냔 말이다. 내 로망이 이러하기에 거기에 어울릴 법한 로망의 식탁도 있다. 내가 꿈꾸는 식탁은 영화 〈안토니아스 라인〉에 나오는 안토니아네 마당의 식탁이다. 나무를 자연스럽게 다듬어 만든 길고 투박한 나무 식탁. 영화에서 안토니아네는 마당 한 구석에 그 식탁을 박아놓고(내게는 마치 박아놓은 것처럼 보였다) 옆집 사람들을 초대한다. 열댓은 족히 되어 보이는 이들이 마당 식탁에 둘러앉아 즐겁고 기쁘고 편안한 시간을 함께 보내고 있었다. 안토니아의 그 나무 식탁이 나의 로망 식탁이다.

내가 꿈꾸는 상차림도 있다. 그런데 이건 정말 이뤄지기 어려운 것이다. 내가 꿈꾸는 상차림은 야만의 식탁이다. 사실 내가 지인들을 부를 때 준비하는 상차림은 그렇게 야만 스럽지 않다. 아니, 솔직해 말해 가능하면 제대로 된 조리법으로 제대로 만들어, 가능한 한 볼품 있게 어울리는 모양새로 담아내고 싶어 한다. 하지만 내 마음속 깊은 어딘가에서 원하는 식탁은 날것 느낌이 생동하는 야만의 식탁, 바이킹의 식탁이다. 식탁보도 없이 맨살을 드러낸 거친 나뭇결의 식탁 위에, 커다란 그릇에 턱 하고 통째로 놓인 돼지 뒷다리 하나(사실 나는 통째로의 돼지 뒷다리를 본 적이 없다. 다 부위별로 포장된 상태의 돼지고기만 봤을 뿐)와 통째로 내놓은 말술이 전부이다. 초대된 이들은, 때론 불청객일 수도 있겠는데, 그냥 그 돼지다리 하나를 쭉 찢어 고기를 한 입 베어 물어 입 주변에는 기름기가 묻는다. 그러고는 단숨에 말술을 들이킨다. 술통을 쾅 내려놓으면서는 신발 신은 발을 식탁에 올려도 가하다.

흑— 하지만 이건 정말 로망이다. 내게는 그런 식탁도 없고, 나는 돼지다리는커녕 닭다리도 별로 좋아하지 않는다(내가 좋아하는 것은 닭봉이다). 게다가 말술은? 소주병 나발도 불어본 적이 없다. 내가 그러니 내 주변에 그런 친구들이 있을 리 만무하다. 야만의 식탁은 그냥 로망일 뿐이다. 하지만 백숙 열 마리는 언젠가 한 번쯤은 그렇게 즐기고 싶다. 그리고 안토니아네 식탁도 그러하다. 돼지다리를 쭉 찢으며 말술을 들이키는 건 내 이상형이다. 이때의 이상형은 내가 원하는 누군가의 이미지가 아니라 내가 되어보고 싶은 이미지이다. 이 이미지에 딱 맞는다고 생각하는 인물이 있는데 중국 한나라 장군 번쾌가 그이다. 항우를 지키기 위해 홍문연 잔치에서 칼춤을 추고 항우가 만류하자 결국 거사를 포기했던 장수 번쾌—. 내게 그는 말술과 돼지다리 안주로, 그 호방한 의기로, 의리로 기억된다. 번쾌는 나의 워너비이다. 물론 내가 그렇게 될 확률은 거의 없다. 왜냐하면 때로 과식이 힘든 나로서는 그런 식습관은 죽음이기 때문이다. 마음에는 품지만 다 손에 잡히지 않는 것들이다.

무거운 즐거움, 가벼운 즐거움

질릴 때까지 먹는 거얌!

때론 내게 사람들은 두 가지 종류로 나뉘곤 한다. 한 번에 조금씩 꾸준히 먹으며 즐기는 사람과 한꺼번에 다 먹어 버리는 것을 즐기는 사람이다. 물론 나는 후자에 속한다. 그때가 몇 살이었을까? 글쎄, 한 열 살 남짓할 때의 일이었을까? 그때 딸기는 지금에 비해 훨씬 비싼 과일이었던 것으로 기억한다. 하긴 딸기만 그랬을까. 그때 바나나 한 손은 행복감 그 자체였다. 하지만 문제는 딸기였다. 그 무렵 우리 엄마는 식구들이 딸기를 어느 정도는 각자 원하는 만큼 먹게 내버려두었다. 물론 양껏 먹은 것은 아니었으나 다들 별 문제 없이 만족하였다.

그런데 어느 해 봄의 일이었다. 엄마가 장에 가서 딸기를 사와 좋다 했더니 한 사람에 서너 개만 주시는 것이었다. 아니, 이런! 갑자기 왜 그러시는 건지 물었더니 새로 알게 된 약사 친구분이 딸기는 하루에 서너 알만 먹으면 비타민C 섭취가 충분하다고 했단다. 그분도 식구 한 명당 서너 개씩만 돌아가게 한다는 얘기를 듣고는 엄마도 실천에 옮긴 것이었다. 아, 세 알로 하루 권장량이 되는지 마는지는 내 관심사가 아니었다. 그 달콤한 딸기향을, 아자작 폭신한 식감을 넉넉하게 음미하고 싶은데 세 개로는 감질났다. 왜 그런 친구를 사귀게 됐는지 엄마의 교우관계가 원망스러웠다. 양식이 떨어져 가는 사회단체에서 급식을 받는 기분이었다. 딸기를 먹기는 먹는데 마음은 시무룩했다. 좀 많이 먹어도 괜찮았던 옛날이 그립기만 했다. 일 년에 몇 번 못 먹어도 좋으니 실컷 먹고 싶다는 생각을 하며 입맛을 다시는 게 그날 딸기 간식의 마무리 단계였다.

그런데 한 2년 그렇게 했을까. 엄마가 물으셨다. 우리 그냥 한 번 먹더라도 많이 먹을까? 꺄호~ 엄마가 뭘 제의했을 때 이렇게 단박 답이 나온 적도 드물다. 나는 혼자서 한 판을 다 먹어봤으면 좋겠으며, 그게 일 년에 한 번이어도 족하다고 대답했다. 이에 대한 엄마의 대답도 흔쾌했다. 흐흐, 먹는 일에 있어서만큼은 엄마도 내 과였나 보다. 그해 봄, 나는 널따란 나무판에 담긴 딸기 한 상자를 받았다. 물려서 못 먹을 때까지 먹고 아마 나머지는 잼을 만들어 먹었는지 어쨌는지 그랬던 것 같다. 물리도록 딸기 향을 맡으면서 나는 기분 좋았다. 어찌나 만족스럽고 좋았던지 그해 딸기에 대한 탐닉은 지금도 기억이 난다. 이때부터 생긴 것인지 모르겠지만 나는 뭔가를 먹을 때 물릴 때까지 먹는 습관이 있다.

어떤 음식이 좋으면 물릴 때까지 먹었던 기억으로는 우리 대학 정문 앞에 있었던 사라라는 우동집이 으뜸이다. 학교를 오래 다녀서였을까. 학교 앞 가게 중에 채 개업하기 전부터 들어가본 집도 있다. 사라라는 우동집도 그렇게 해서 알게 된 집이다. 지금은 없어졌지만 한때 사라는 정문 앞에서 유명한 우동집이었다. 하루는 새로운 간판이 눈에 띄어 가게에 들어섰는데 주인인 듯한 분이 나와서 아직 개업 준비 중이라 식사가 안 된다고 했다. 나는 좀 허탈한 마음으로 도로 나가려 하는데 그가 불러 세웠다. 지금 계속 우동을 연구 개발 중인데 시식을 좀 해주지 않겠느냐는 말이었다. 왜 안 하겠는가. 마다할 이유가 없었다. 넓은 홀에 혼자 앉아 받은 것은 도톰하고 탱글한 수타 면발에 깔끔한 국물, 그리고 청경채가 고명으로 얹힌 우동이었다. 고급 우동집의 우동 스타일과 비슷한 맛과 담음새로 서빙되어 나왔다. 그때만 해도 그런 면발이 드물었다. 나는 맛있다고 하였고, 그 후에도 몇 번 더 그런 시식 과정을 거쳤다. 물론 개업하기 전이었고 그때마다 우동은 약간씩 달라진 모습으로 서빙되었다. 개인적으로는 첫 번째 스타일이 좋았으나 사라우동은 그 후에도 약간씩 변했는데 그건 아마도 수지를 맞추기 위한 전략이었으리라. 이렇게 해서 나는 사라를 드나들게 되었다. 어떤 날은 점심에도 가고, 또 저녁에도 갔다. 맛있었으므로 물리지 않았다. 아니면 내가 원래 한 가지 음식을 여러 날 먹을 수 있는 축에 속하기에 가능했는지도 모르겠다. 어쨌든 나는 거의 매일 사라에 갔고 내 친구들은 힘들어했다. 이렇게 먹어버리면 질리지 않느냐면서 그러면 나중에는 정말 질려서 못 먹게 될 거라는 충고도 했다. 나중에는 나 혼자 갔다. 실컷 먹었다는 느낌이 들었을 때부터 내 발길은 자연스럽게 드문드문 다른 식당들로 향하기 시작했고 사라는 종종 들르는 식당이 되었다. 그러나 이 변화는 결코 질려서 물린 그런 것이 아니라 매우 만족한 상태를 경험한 후에 수반되는 행복한 결과였다. 그 후에도 사라는 생각나면 들르곤 하였다.

나는 뭐가 좋으면 물릴 때까지, 질릴 때까지 하는 경향이 있다. 아찔한 탐닉이다. 내 마음의 눈금이 흔들흔들 움직이다 오른쪽 끝에서 꺅꺅거리는 느낌이 들 정도로 해야 비로소 충분하다. 그게 딸기든 우동이든 음악이든 드물게는 논문이든 간에. 아, 나는 쾌락주의자임에 분명하다.

콜라와 목욕

먹는 것은 영양상의 문제만은 아니다. 술이 기호식품이
듯 또 다른 기호식품들도 있다. 콜라도 그러한 것 같다. 콜
라가 중요한 주제가 되는 경우가 있었는데 내게 있어 이런
콜라는 패스트푸드와 짝이 아니라 목욕탕과 더불어 떠오
른다. 콜라는 내 어린 날의 작은 향락이었다.

나는 어렸을 때부터 목욕탕에 주로 혼자 갔다. 어린 나
를 혼자 목욕탕에 보내시면서 마음에 좀 안되어 보이셨던
지 어머니는 내게 늘 콜라 사 마실 돈과 때를 밀 수 있는 돈
을 함께 주셨다. 그렇게 목욕탕에 가면 어린것이 혼자 왔느
냐며 대견하다는 둥 독립심 있는 어린이라는 둥 칭찬인지

동정인지 경계가 야릇한 말들을 듣게 마련이었다. 하지만 나는 괜찮았다. 뭐, 목욕, 혼자 할 수도 있는 거지. 더군다나 때도 아주머니가 다 밀어주시는데, 뭐, 싫었다. 그리고 무엇보다 충분한 보상이 되었던 것은 내 순서를 기다리며 온탕 안에서 마시는 콜라였다. 탕 안의 물은 뜨끈했지만 그 탕에 몸을 담은 채 날렵한 허리선을 자랑하는 호리병 모양의 찬 코카콜라병에 빨대를 꽂아 시원한 콜라를 맛보는 즐거움이라니. 한 모금씩 홀짝일 때마다 톡 쏘는 콜라 특유의 자극과 함께 달달한 향이 올라오고, 시원한 콜라가 내 목구멍을 타고 식도를 통해 일자 느낌으로 내 위로 내려갔다. 때미는 아주머니가 나를 부를 때까지 나는 탕 안에 앉아 콜라병을 잡고 그렇게 혼자만의 즐거움에 빠져 있곤 했다.

　그때 콜라 덕분인지 나이 든 후에도 나는 목욕을 무지무지 좋아한다. 대학원 시절에는 전통 방식의 한증막에도 드나들며 그 맛을 알아갔다. 한증막에 처음 갔을 때는 조금 낯설었다. 이글루 같은 느낌의 한증막은 너무 뜨거워서 거적을 가지고 들어가야 하는데 처음에는 그게 그렇게 어색할 수가 없었다. 하지만 맨살로는 감당할 수 없어서 한 장은 깔고 누운 후 또 다른 한 장은 머리부터 발끝까지 덮어쓴 채로 한증을 했다. 로얄 퀸인지 뭔지 하는 브랜드의 냄비가 있다. 그걸 냄비라고 해야 하나 팬이라고 해야 하나. 냄비라도 좋고 팬이라도 좋다. 중요한 건 스테인리스 스틸 바닥의 두께다. 그 상표의 그것은 바닥이 매우 두꺼워 물을 안 붓고도 채소가 잘 익었다. 특히 시금치를 요리할 때 영양분 파괴 없이 잘 삶겼으리라는 생각을 하며 먹었던 기억이 있다. 뜬금없이 그 팬 얘기는 왜 꺼내는가 하면 바로 위아래로 깔고 덮고 첫 탕을 충분히 하면 내 몸의 근육이 마치 그 시금치처럼 푹 이완되는 느낌이 들기 때문이다. 그렇게 첫 탕을 한 후 밖으로 나와 누우면 온몸에서 다시 땀이 나는데, 이때 이차로 한증을 하는 효과가 난다고 한다. 한증막 첫 탕을 잘 하면 온몸이 영양분 파괴 없이 잘 삶긴 시금치처럼 기분이 좋다.

꼭 한증막이 아니어도 목욕탕에 가면 성聖과 속俗을 넘나드는 경험을 하게 된다. 냉탕에 들어앉아서 짧은 명상을 하게 되는데 그때 나는 마치 제4의 공간처럼 신선의 경지에 든 것만 같은 가상을 즐긴다. 이와 관련한 에피소드가 하나 생각난다. 예전에 어느 신학교 대학원에서 학위논문 쓰는 법 강의를 한 적이 있다. 그 수업 수강생들은 다 목사

무거운 즐거움, 가벼운 즐거움

님이었는데 점심을 같이 먹자고 했다. 조금 어려운 자리였지만 학교 근처에 있는 패밀리 레스토랑에 가서 점심을 먹으며 어색한 분위기를 깨기 위해 이런저런 얘기를 했다. 그때 누군가 취미를 묻기에 난 목욕하기라고 답했고 온탕에 있다가 냉탕에 들어가면 선적仙的 경지에 이르는 듯한 느낌이 드는데 그 느낌이 좋다고 대답했다. 그런데 순간 목사님 표정이 좀 이상해졌다. 그리고는 약간 주저하며 다시 물었다. 어떻게 성적性的 경지에 이르게 되느냐고. 앗, 성적 경지? 내 발음이 모호했나 보다. 나는 얼른 선적 경지라고 정정을 했고 목사님은 다시 한번 갸우뚱했다. 그건 또 어떤 거냐고 하는데 설명하자니 구차하고 불가했다. 어찌어찌 웃음으로 얼버무리며 넘어갔던 기억이 있다.

요새는 동네 일반 목욕탕에 가도 대개는 사우나 시설과 냉탕을 갖추고 있다. 나와 친하게 되면 흔히 두 가지를 함께 하게 되는데, 하나는 먹는 것이고 또 다른 하나는 목욕이다. 나는 목욕탕에 가면 우선 온탕에 들어가서 반신욕 비슷하게 몸의 근육을 이완시킨다. 그러고서 몸의 열을 약간 식힌 후 사우나에 들어가서 충분히 땀을 낸다. 온몸이 충분히 더워졌으면 두 발과 두 팔에 먼저 냉수를 붓고 찬물을 한 바가지 끼얹은 후 냉탕에 들어간다. 뜨거운 몸으로 냉탕에 들어가면 두 발이 약간 따끔 짜릿하다. 그렇게 들어가서는 두 팔로 몸을 감싸 안은 채로 찬물에 몸을 담근다. 그랬다가 반신욕을 하게 되면 사방이 고요해지면서 내 몸 주변으로 유리의 밀도 같은 정밀한 공간이 생성된다. 샤워기 소리도, 사람들 소리도 또 폭포수 소리도 저 뒤쪽 어딘가로 아득하게 멀어지고 나는 더운 몸으로 냉탕에 앉아 고요와 정밀의 선적仙的인 경지를 경험한다. 순간 내가 앉아 있는 몸의 공간은 더 이상 속俗의 공간이 아닌 것 같은 느낌이 든다. 무림의 고수들도 이런 기분 아닐까? 이런 집중도와 명료함으로 수련에 임하는 게 아닐까? 완전한 이완과 긴장의 휴식이다. 이렇게 목욕을 하려면 두 시간 정도는 있어야 한다. 이 모든 과정을 너무 서둘러 빨리빨리 하게 되면 피곤하기만 하기 때문이다. 어른이 되어 여유롭게 즐기는 목욕에는 콜라가 없어도 충분하다.

요리책 읽는 즐거움

나는 책 읽기를 즐거워하는가? 때로는 즐겁고, 빠져들 기도 한다. 때로는 감탄과 존경이 이는 경우도 있다. 내가 책 읽기를 진정 즐겼던 때는 십대 때다. 그때는 왜 그렇게 문자가 좋던지, 무엇이라도 잡으면 읽는 재미가 있었다. 어린 시절 남모르는 내 비밀 보따리는 계몽문화사에서 나온 50권짜리 전집이었다. 아마도 이 전집을 기억하는 분들이 꽤 있을 것 같다. 붉은 장정의 그 책들은 내게 가상의 즐거움과 진진함을 알게 해주었다. 이해 가능한 건 이해 가능한 대로, 불가해한 건 불가해한 대로 읽는 재미가 있었다. 그러나 계몽문화사 전집류만 즐거웠던 것은 아니다. 백과사전

읽는 재미도 쏠쏠하였다. 크고 작은 다양한 사진들을 곁들인 설명은 내게는 보석상자 같은 것이었다. 하지만 백과사전만 재미있었겠나? 그것도 무슨 전집류였던 것으로 기억하는데, 마그마의 생성, 화산 폭발, 지진 등의 설명이 가득한 책들도 재미없지 않았다. 좀 부담스러워한 책들도 있었는데, 위인전이다. 지금 생각해보면 돈을 아주 많이 번 사람 아니면 국가 건설 전쟁을 했거나 아니면 그냥 큰 전쟁을 치른 인물들이 주를 이뤘다. 혹은 정치인들이었거나. 어쨌든 위대하다니 그런 줄 알았다.

중학생이 되면서부터는 책 읽기의 부담을 알아갔다. 책 읽기가 지적 허영과 겹쳐졌기 때문이다. 무슨무슨 필독 리스트 같은 것들이 나의 그런 허영심을 부추겼으리라. 아, 이것도 저것도 읽어야 할 것 같은데 진도는 잘 안 나가고 학교도 왔다 갔다 해야 하니 시간도 그리 넉넉하지 않았다. 더이상은 어린이여서는 안 되는데, 갑자기 어른들의 독서목록을 공유하려니 역부족이었다. 중1 여름방학 때 읽은 〈날개〉는 내게 좌절이었다. 문학사에 빛나는 작품이라는데, 그 주인공을 도저히 이해할 수 없었다. 내가 〈날개〉의 주인공을 십분 이해하면서 이상의 매력에 확 견인되었던 것은 대학에 입학한 후다. 중학생이 되어 교과서에서 동시와 동요 대신 현대시를 배우게 되면서 내게 독서는 때론 즐겁고 때론 잘 모르겠으며 때로는 안 읽었다고 밝히기에 부담스러운 그 무엇이 되어가고 있었다.

고전문학을 전공한답시고 고전소설을 결대로 포 뜨고 있는 지금, 나는 책 읽기를 즐거워하는가? 이제는 그냥 업이 된 듯하다. 때로는 즐겁고 때로는 의무이기도 하다. 하지만 분명히 달라진 건 비판도 공감도 자연스럽게 이루어진다는 정도라고나 할까. 힘 빼고 읽는 책들은 오히려 견고한 지식을 만들어준다. 하지만 정말 즐거운 건 나이 들어 진정 즐거운 책 읽기 장르를 발견했다는 점이다. 그것은 바로 요리책이다. 처음으로 요리책에 관심을 갖게 한 것은 살바도르 달리를 주제로 하면서 그의 작품과 그가 즐기던 음식을 같이 소개한 책이다. 유럽의 유명한 식당 셰프들이 고객이었던 달리가 식당에 들러 즐겨 주문하던 요리들을 소개하는 식이었다. 숨어 있던 존재의 드러남, 학교 도서관을 어슬렁거리다 우연히 발견한 쾌거. 싱싱하고 다양한 식재료의 이미지들과 더불어 달리가 살았던 공간, 계란 모양의 장식, 약간은 엉뚱하고 기괴발랄한 흥미로운 그의 작품들이 집에 배치되어 있는 방식까지 그 책은 다양한 감각을 가상으로 작동시키는 미덕을 지니고 있었다. 그 이후 나는 요리책 읽기를 즐겨하게 되었다.

나는 꽤나 훌륭한 몇 권의 요리책을 가지고 있다. 활용해본 결과, 어느 책의 레시피가 훌륭한가도 알게 되었다. 시간 날 때면 그 요리책들을 꺼내 읽곤 한다. 짧은 여가의 독서로 아주 만족스럽다. 선명하고 풍부한 색감, 정보 가득한 줄글들, 이 둘을 합하면 내 머릿속은 근사한 음식들로 채워진다. 조리법대로 하나하나 따라 읽어가면서 가상으로 완성해보는 요리들. 이때 정말 중요한 건 상상력이다. 내 눈동자가 글자들을 따라 읽노라면 둔탁한 나무 도마에 울리는 날렵한 칼질 소리, 치익— 하며 빛깔도 선명하게 익어 들어가는 채소들, 뭉긋하게 올라오는 소고기 육수 냄새가 현현한다. 눈이 즐겁고 마음도 뿌듯하다. 한 단계 한 단계 꼼꼼히 읽다 보면 그 요리를 나도 할 수 있게 된다. 집에 있는 그릇 중 하나를 선택해 가상으로 담아본다. 음, 굿—

요리책 읽기는 오감이 즐겁고, 실생활에도 도움 되는 매우 훌륭한 독서이다.

맛의 감각

내 태초의 맛에 대한 기억

맛있는 음식을 좋아하고 찾기는 하지만 내가 맛있다고 하는 음식은 그 범주가 아주 넓다고 할 수 있다. 언제였던 가 지도교수님이 내게 던진 한 마디가 있다. 조혜란 선생이 맛있다고 하는 얘기는 다 믿으면 안 된다고. 내가 먹으면서 늘 다 맛있다고 한다는 것이다. 내가 맛있다 해서 막상 먹 어보면 평범한 맛이었던 경험을 하신 것 같다. 그 말을 들었 을 때는 그렇지만은 않다고 정정하고 싶었다. 입맛이 좋을 뿐이지 그래서 다 맛있게 먹을 뿐이시 나도 맛있는 것과 그 렇지 않은 것은 구별한다라고. 하지만 그게 뭐가 대수랴 싶 어 그만두었다. 시장이 반찬이라고 했던가? 그런데 딱히 시장하지 않아도 입맛 좋은 나는 맛있게 먹는 편이다. 입맛이 좋은 걸 어쩌겠는가. 하긴 난 남들이 별 재미 없다고 하는 TV 프로그램도 대개는 재밌어하며 본다. 요건 요런 게 재미있네, 요건 이런 맛으로 보면 되겠네 하며 말이다. 그러니 정말 재밌는 프로그램을 볼 때면 아주 꿀맛이다. 하하 웃다가 컥컥 웃다가 헉헉 숨이 막힐 지경으로 웃으며 허리가 앞으로 말린다. 구르기 일보 직전이 되는 것이다. 고 맛이 끝나는 게 아쉬워 시계를 흘끔거리는 횟수가 빈번해진다. 끝날 때를 향해 가는 게 아깝기 때문이다. 내 입맛과 티비 맛은 어쩌면 서로 연결되어 있는지도 모르겠다.

내가 처음 맛을 느꼈던 때는 언제일까? 내 기억 속에 처음 인상적으로 등장하는 먹을 것은 사과다. 유치원에도 들어가기 전 어렸을 때다. 추운 겨울이었다. 외풍이 있어 좀 추운 방에서 우리 형제는 아랫목에 깔린 이불 밑에 발을 밀어 넣으며 앉아 있었다. 그 나이에 뭐 할 일이 있었겠나. 그냥 올망졸망 앉아 있는데 외할머니가 큰 그릇에 홍옥을 가득 담아 들고 들어오셨다. 난 새콤하고도 달짝한 맛으로 자기 자신을 강하게 주장하는 홍옥이 좋았다. 때깔도 정말 사과 중에는 가장 쨍하니 예쁜 진한 붉은색이었다. 우리는 삼남매였는데 한가득 담긴 홍옥은 열 개도 훨씬 더 되어 보였다. 맏이인 내가 유치원 전 나이였으니 동생들은 응당 더 어렸고 그런 아이들이 사과를 먹으면 얼마나 먹을까 싶은데 할머니는 그렇게 가득히 주면서 실컷 먹으라고 하셨다. 다 먹어도 되냐고 물었던 것 같다. 할머니는 다 먹어도 된다고 하셨는데 순간 나는 정말 황홀해졌다. 저걸 다 먹어도 된다는 허락이 따뜻한 아랫목 온도와 함께 내 마음을 아주 부풀게 해주었다. 그때 먹은 사과가 어떤 맛이었는지는 기억이 나지 않는다. 아마 맛있었겠지. 하지만 내 기억 속의 첫 먹거리는 맛 때문에 중요하게 각인된 게 아니다. 그 사과는 그릇 한가득한 풍성함과 할머니의 통 큰 마음이 합해지면서 내게 행복감을 선사해주었다. 기억에 남은 맨 처음 음식은 한겨울 속의 따뜻함과 더불어 활동사진처럼 찍혀 있다.

중학교에 입학하기 전까지 어머니가 직장을 다녔기 때문에 어렸을 때 외할머니가 많이 돌봐주셨다. 어렸을 때 우리 집 아침은 늘 분주한 풍경이었다. 이부자리는 뒤로 밀려 있고 머리에 클립을 만 채 입술의 립스틱이 지워지지 않게 입을 벌려 미역국을 몇 수저 뜨던 엄마가 서둘러 스타킹을 찾고 옷을 말쑥하게 챙겨 입고 휘리릭 나가시던 장면이 생각난다. 이후 시간은 외할머니가 맡아주셨다. 외할머니가 뭐든 약간 오버하는 편이라면 엄마는 뭐든 정확한 쪽에 가까웠다. 두 분은 매사에 그렇게 달랐다. 간식에 대해서도 마찬가지였다. 엄마는 제때 맞는 적절한 분량의 먹을 것을 챙겨주고, 할머니는 그때그때 줄 수 있는 걸 많이 주는 쪽이었다. 나는 지금도 그런 외할머니의 간식을 기억한다. 할머니의 간식은 담뿍담뿍, 찰랑찰랑이었다. 대학원 시절, 하루는 친구와 함께 집에 갔다. 할머니가 먹을 것을 가져다주셨는데 난 속으로 웃겨 죽는 줄 알았다. 누가 토스트를 제사 음식처럼 괸단 말인가. 접시에 토스트가 켜켜이 높게 쌓여 있고 잔에 우유를 얼마나 가득 따랐던지 우유 표면에서 거의 표면장력이 느껴질 정도였다. 그러니 찰랑찰랑 넘칠까 하여 쟁반을 든 할머니의 태도는 너무 공손할 지경이었다. 밥도 먹고 온 상태인데 식사량보다 많아 보이는 토스트와 위태로운 우유 잔, 그 옆에는 또 참외인가가 한 접시 깎여 있었다. 간식이라고 하기에는 종목이 적당하지 않고 양도 너무 많고 그리고 그걸 든 채 거의 거안제미擧案齊眉의 포즈로 버겁게 들어오시던 할머니. 할머니가 등장하는 순간 저걸 어떻게 먹어 했지만, 손녀가 이미 성인이 되었는데

도 눈에 띄는 대로 쟁반 가득 한도 초과로 챙겨오신 할머니가 푸근하고 좋았다.

외할머니가 우리 삼남매를 돌보면서 사과만 주신 것은 아니다. 당연히 우리들을 거둬 먹이셨는데 어쩐 일인지 할머니가 해주신 음식은 맛으로 기억되지 않는다. 아마 너무 어려서 그랬던 것 같다. 하지만 기억에 또렷한 몇 가지 음식이 있는데 그중 하나는 간장으로 간을 맞춘 김치이다. 간장 맛이 감도는 국물 자작한 그 김치가 내 어렸을 때의 김치다. 나는 할머니가 어린 우리를 위해 마련하신 응용 김치인 줄로 알았는데 커서 보니 서울 경기 지방 김치 중에는 간장으로 간을 하는 김치가 있다고 한다. 외할머니는 개성 분이었다. 아마도 간장 김치는 그런 연유로 담그신 것 같은데 어린 내 눈에 고춧가루 김치와는 구별된 그 김치는 어린이용 김치인가 보다 하며 먹었던 것이다. 밥상 위에 놓인 간장 김치 모양과 그걸 먹은 기억은 나는데, 특별히 맛이 있다고 느꼈던 기억은 없다. 희한하게도 외할머니 음식은 그렇다.

그런데 할머니를 통해 어렴풋이 경험하게 된 게 있다. 이북 느낌이다. '북한' 느낌이 아니라 '이북' 느낌이다. 어렸을 때 외할머니가 꿩고기로 떡국을 끓여주셨던 적이 있다. 어린 눈에도 뭔가 특별식인 것 같아 보였는데 나중에야 그게 이북식인 걸 알게 되었다. 이북에서는 꿩으로 육수를 내고 꿩고기로 만두소를 빚기도 한단다. 그러고 보니 할머니 계셨을 때에는 만두도 많이 빚어 먹었다. 할머니는 비계를 좋아하셨고 지라나 염통 등의 단어로 소고기 특수부위를 즐겨 언급하셨다. 할머니의 딸인 우리 엄마도 어렸을 적 추운 겨울날 밤 동치미 국물에 말아 먹던 국수와 비계 낀 삶은 돼지고기가 맛있었노라는 추억을 이야기하곤 했다. 이런 것은 외할머니가 개성 분이어서 가능했던 이야기일 것이다. 하지만 내 기억으로는 꿩고기 맛에는 기름기는 별로 없었던 것 같다. 나는 아마도 그런 건가 보다 하며 차려진 음식들을 먹었을 것이다. 특별히 그 음식이 맛있다고 생각한 기억은 없다. 지금 같으면 별미라고 하며 먹었을지도 모르겠다.

　그 무렵 우리 가족은 녹번동 위쪽 어딘가에 살고 있었다. 어딘가 허술했는지 몇 차례 도둑도 맞았다. 도둑맞은 다음날 아침은 늘 황당한 느낌, 당했다는 느낌 그리고 좀 허둥대는 어른들의 모습이 있었다. 당시 녹번동은 아마도 서민들이 사는 동네였을 것이다. 우리 집에는 약간 너른 마당이 있었고 한 켠에는 물 긷는 펌프가 있었다. 수도 시설이 있었지만 집집마다 펌프도 있었고 나는 펌프에 매달려 중력을 이용한 놀이를 하곤 했다. 당시 겨울은 아주 추웠고 눈이 오면 집집마다 대문 앞에, 골목길에 연탄을 두드려 깔아 미끄럼 사고를 방지했다. 그리고 동네에 한 떼의 어린 거지들이 밥 동냥을 다니던 기억도 난다. 겨울에도 그 아이들은 밥 동냥을 다녔다. 지금 생각하면 짠한 마음이 드는데, 어린 나는 그 무리의 대장 격인 언니를 보면서 그냥 그런 사람들인가 보다 했다. 그 대장 언니는 좀 거칠었고 그래서 나는 별로 좋아하지 않았다. 먹을 것을 담아주는 어른들의 태도를 보면서 뭔가 그렇게 해야 하는 건가 보다 했지만 그들의 처지가 어떤지 제대로 알지 못했다. 나는 그들을 안됐다고 여기지 않았다. 아니 그렇게 여기지 못했다고 말하는 게 더 맞는 것 같다. 지금 생각하면 짠하고 슬픈 전후 한국 풍경의 하나다.

1960년대 그 동네 골목에는 검은 빛의 나무 전봇대들이 서 있었고 거기에는 '담배'가 아닌 '담배'라고 적힌 광고 문구가 붙어 있었고, 그 옆에 조루를 치료하는 광고 문안도 흔하게 볼 수 있었다. 조루가 무엇인지 모르고 체기처럼 흔

한 병인가라고 무심히 넘겨짚어 봤던 기억이 있다. 그 무렵

외할머니는 간장 김치를 담가주셨다. 맛있게 먹었는지는

기억나지 않는다.

깜짝 사랑, 영 이별

내 혀가 트인 시점에 대한 기억이 있다. 맛으로 기억하는 첫 번째 음식은 어머니가 해주신 해쉬라이스다. 나는 그 음식을 이렇게 부르기로 했다. 엄마는 그 음식을 그렇게 불렀고, 어린 내 귀에는 분명 그렇게 들렸는데, 커서 보니 도통 그 음식을 찾기가 어려웠다. 인터넷에서 검색을 해봤다. 그 음식의 명칭은 대략 몇 가지가 되어 보였다. 햇쉬라이스, 해쉬라이스, 해시라이스, 하이라이스, 하이스라이스, 그리고 하야시라이스 정도가 검색된다. 맞춤법이 중요한 나는 또 사전 검색을 해본다. 표준 맞춤법은 하이라이스다. 왜 이렇게 열심히 검색했냐고? 그건, 아쉬워서다.

어렸을 적에 어머니는 직장에 다니셨는데, 토요일에는 근무하지 않았다. 그래서 우리에게 토요일은 좀 특별한 날이 될 수 있었다. 토요일이면 엄마가 가끔 처음 보는 음식을 해주셨기 때문이다. 그중 하나가 해쉬라이스였는데 어느 토요일 점심에 먹었던 그 음식은 토마토 향이 상큼한 것이 너무 맛있었다. 그렇다 맛이 있었다.

그때도 녹번동에 살고 있었다. 엄마는 요새 식당에서 커리 소스를 담아내곤 하는 그런 모양의 흰 도자기 재질 그릇에 뭔가를 가득 담아주셨다. 그러고는 밥 위에 부어 비벼 먹게 했다. 소스는 약간 갈색이었던 것 같은데 토마토 느낌도 있었다. 고기랑 채소도 들어 있고 아마 완두콩도 있었던 것으로 기억한다. 처음 먹어보는 것인데 그 음식이 특히 맛있게 느껴진 건 직접 토마토를 넣어 끓여내서였던 것 같다. 신선했다. 요즘 인터넷에서 해쉬라이스, 하이라이스 등을 찾아보면 브라운 소스라고도 하고 어떤 데는 데미그라스 소스라고 적혀 있기도 하던데, 모르겠다. 그냥 브라운 소스나 데미그라스 소스와 내가 어렸을 때 먹었던 그 해쉬라이스 소스는 맛이 같지 않다. 내가 그 음식에 반했던 건 그 안에 들어간 소고기 때문도 아니고, 그렇다고 썰어 넣은 채소 때문도 아니었다. 그건 바로 토마토! 나중에 제품 하이라이스를 먹게 되었을 때 알게 된 것인데 생토마토가 들어가서 내는 신선한 맛과 내음이 엄마의 그 음식을 압도적인 것으로 만들었던 것이다. 나는 맛있게 먹었고 또 먹고 싶다고 했던 것 같다. 이후로 한두 번 더 엄마표 해쉬라이스를 먹을 수 있었다.

어느 날 또 그게 먹고 싶다고 했더니 엄마가 알겠다고 하고 해주셨다. 그런데 나온 음식은 엉? 그것과 달랐다. 다른데? 라고 하는 나의 낌새를 알아차렸는지 엄마는, 이제 그게 회사에서 나온다고, 그래서 그걸 가지고 끓이기만 하면 된다고 하면서 같은 거라고 하셨다. 하지만 내가 보기에는 색깔도 더 어둡고 좀 달라 보였다. 그래도 먹어보니 앗, 아니었다. 우선 그 신선한 상큼함이 없었다. 향도, 맛도 달랐다. 예전 엄마표 맛은 정말 좋았는데 이건 아니었다. 내가 느끼기에는 결코 같지 않고 맛이 없었다. 아니, 그 맛이 아니었다라고 하는 게 더 정확하겠다. 그래서 맛이 없었다. 나는 그게 먹고 싶었던 거지 이게 먹고 싶었던 것은 아니었단 말이다. 엄마는 예전에는 다 재료를 사 가지고 끓여야 했지만 이제는 제품이 나왔으니 간편하게 끓이기만 하면 된다고 신식으로 설명해주었다. 그리고 두 번 다시 직접 끓여주시지는 않았다. 처음으로 맛있는 맛이 생겼는데 이렇게 끝나다니. 그 신식 제품이 야속했다.

아마도 매일 출근해야 하는 직장 맘에게는 매번 재료를 다듬어 끓여야 하는 노동을 대신해주는 인스턴트 제품이 고마웠을 것이다. 하긴 나도 강황가루부터 시작해서 카레를 끓이라고 한다면 안 먹고 말 것 같다. 아마도 우리나라에 그때 처음으로 하이라이스 제품이 판매되기 시작한 게 아닌가 싶은데 이건 카레라이스와 세트 같은 존재였다. 내 경우, 카레라이스는 애초부터 제품으로 시작했으니 괜찮았는데 하이라이스는 아니었다. 그런데 이 제품은 중간에 이름이 바뀌었던 것 같다. 하이스라이스였다가 하이라이스로 바뀌었던 게 아닌가 싶다. 어찌 됐든 그 이후로 난 산뜻한 맛은 없는, 그리고 좀 텁텁한 하이라이스를 대안으로 먹곤 했다. 먹을 때마다 아쉬웠던 나는 언젠가부터 하이라이스는 잘 안 먹게 되었다. 그리고 한참 후에는 더 간편해진 3분 카레와 3분 하이라이스가 나왔다. 난 3분 카레만 먹었는데 둘 다 계속 나오는 걸 보니 하이라이스도 많은 사람들이 좋아하는 맛인 듯하다.

'깜짝 사랑, 영 이별'이라고 했던가? 순간 사랑에 확 빠졌는데 쉬이 헤어져 영 이별이 되고 만 사랑. 안타깝다. '금사빠'로 사랑하고 다시는 볼 수 없게 된 그런 것. 내 어렸을 때 엄마가 해주었던 해쉬라이스는 그런 것이었다. 먹자마자 맛있었는데 한두 번 먹은 뒤로 다시는 맛볼 수 없었던 음식이다.

엄마표 해쉬라이스와 제품 하이라이스는 다른 맛이다. 어쩌면 후자가 원래 정통 해쉬라이스 맛인지도 모르겠다. 하지만 내게 오리지날은 엄마표. 어디선가 알게 된 조리법대로 찬찬히 끓여주셨던 엄마의 해쉬라이스가 그립다. 이제는 내가 요리를 하곤 한다. 아주 가끔 토마토소스 스파게티를 만들 때가 있는데 제일 맛있는 것은 큰 토마토 네개 정도를 끓는 물에 튀겨 껍질을 벗기고 나서 다른 재료들과 함께 끓여내는 토마토소스다. 이렇게 하면 신선 상큼한 토마토 스파게티를 먹을 수 있다. 하지만 이런저런 이유로 점점 시판용 토마토소스를 쓰는 경우가 많아졌다. 어떤 때는 유기농이라는 수식어가 붙은 소스를 사면서 맛과 타협한다. 신선한 토마토로 직접 만들면 맛있는 서 누가 모르니 하면서 말이다.

이제 일본풍 하이라이스를 용납하고픈 마음이 생긴다.

그 음식을 만들어 파는 곳이 있나 찾아봤는데 제품 하이라이스를 사용하지 않고 조리해 낼 것 같은 식당을 하나 찾긴 했다. 그 식당은 이 메뉴를 하야시라이스라는 이름으로 판다. 값도 비싸다. 보아하니 제대로 만든 일본식 음식이 나올 것 같다. 깜짝 사랑, 영 이별. 내가 기억하는 처음 맛은 이제 마음속에 간직하고, 그 경양식을 한번 맛보러 가고 싶다.

배추 산성과 신선로

역시 녹번동 살 때의 기억이다. 녹번동에서 유치원 들어가기 전부터 살다 초등학교에 입학했다. 유치원은 다 못 다녔다. 동생은 유치원을 마쳤지만 체력적으로 힘이 달렸던 나는 자퇴를 했다. 동생은 대문 밖에 나가 놀고, 내게 밖은 집 마당이었다. 마당도 그리 좁지는 않았는데 어린 내 눈에 그렇게 보였던 것인지도 모른다. 나는 어른들이 하는 일을 물끄러미 바라보며 하루를 보냈다. 어느 해 여름인가에는 창문 참에 앉아 달궈진 쇠창살에 우연히 포마드를 발라봤다가 스르륵 녹는 느낌이 좋아 그만 한 통을 다 발라버린 일도 있었다. 엄청난 집중이 가능했고 더웠지만 덥지도 않았다. 내가 직접 뭔가를 한다는 느낌이 들었던 일은 노는 일과 먹는 일 그리고 학교 다니는 일 정도였다.

그 시절 내게는 먹는 게 아닌 먹거리 기억이 있다. 음飲하지도 식食하지도 않은 음식. 2가지가 있었는데 그 두 가지는 모두 겨울에 속해 있었다. 하나는 산더미 같았던 배추, 그리고 다른 하나는 신선로다.

마당에 포기째로 차곡차곡 쌓여 있었던 배추, 어린 내 눈에는 배추로 된 산성 같았다. 그건 김장용이었다. 그때 우리 집은 배추김치만 이백 포기를 담았다. 물론 이 숫자는 훨씬 나중에 어머니에게 들어 알게 된 것이다. 하루하루가 밋밋하게 지나가던 나에게는 그 행사가 나름 괜찮았고, 마당에 내 키만큼 쌓여 있는 배추 손질을 도우러 온 옆집 아주머니들을 조금 떨어져서 보면서 동네잔치 구경하듯 그 비일상성을 즐기며 추운 마당을 빙빙 돌아다녔다. 아주머니들은 하루 종일 그 배추를 어찌어찌 다루었고 산더미 같던 배추들은 아마도 양념에 버무려져 김장독에 들어가 묻혔으리라. 이상하다. 배추를 절여야 김장이 될 터인데 마당에 쌓여 있다가 어떻게 김치가 되었는지 그 중간 과정은 모르겠다. 절이고 버무리고 하는 과정은 하나도 기억나지 않고 내 기억에 인상적인 장면으로 박혀 있는 것은 산성과도 같아 보이던 배추의 위용이다. 추운 겨울에 약간의 녹색 잎과 흰색 살을 보이며 쌓였던 배추 풍경. 어른들이 모여 난리가 난 듯 잔치가 벌어진 듯 법석이며 담근 김장인데 당시 나는 김장 김치를 내 먹거리로 생각하지는 않았던 것 같다.

또 다른 하나인 신선로. 배추 산성이 재료였다면 신선로는 한정식 차림에 눈동자를 그려 넣는 그런 음식이다. 신선로는 어린이용 음식은 아니고 겨울 저녁에 퇴근한 아버지 밥상에 오르던 것이다. 그래서 나는 신선로가 궁중 음식이라는 걸 미처 모르고 컸다. 겨울 아버지 밥상에 오르곤 하는 우리 가족의 계절음식 같은 것이었기 때문이다. 어머니도 직장에 다녔는데 퇴근 후 아버지 밥상을 열심히 차리셨다. 어머니 퇴근은 이르고 아버지 퇴근은 늦어 시간차 준비가 가능했던 것이다. 아버지가 퇴근하고 집에 오시면 거의 8시가 다 된 시간이어서 우리는 먼저 저녁을 먹고 아버지 상이 차려지면 그 옆에 앉아 텔레비전을 봤다. 그때 봤던 TV 프로그램 중 기억에 남는 것으로 〈제5전선〉이라는 것이 있다. 지령을 전달하고 난 뒤 녹음기가 자동 파기되는 설정이 아주 과학적인 기술처럼 보였는데 나중에 보니 영화 〈미션

임파서블〉의 한국식 제목이었다. 아무튼 신선로는 범접하기 어려운 음식이었다. 신선로 용기 밑에 작은 숯을 넣어 당겨진 불길이 뚫린 용기 중앙으로 통하게 해 국물이 식지 않고 따뜻한 온도를 유지하게 하는 음식이다. 잘된 신선로는 금속 용기 가운데서 불길이 솟아올라 국물을 끓여주는데 역동적으로 불길이 흔들리며 올라온다. 밥상 위에서 확확 불길이 살아 보글보글 끓어오르는 신선로의 비주얼은 엄지척이다. 그런데 어린 우리들은 그 불길을 조금 무서워했고 엄마는 성공이라며 아주 즐거워하셨다. 신선로가 그런 모습으로 끓게 하기까지는 많은 공을 들여야 했다. 우리 집에는 신선로 용기가 몇 개 있었는데 불길이 시원찮은 것들을 제껴가며 시각적으로 멋지고 기능적으로 잘 작동하는 용기를 찾았기 때문이다.

맑은 고깃국물에 고기 완자, 전, 그리고 채 썬 채소, 버섯 등을 아마도 오방색에 맞춰 용기 곡선에 따라 둥글게 가지런히 담아 끓이는 신선로. 어렸을 때 신선로는 아이들 음식은 아니었지만 아버지 상 옆에서 같이 먹어보기도 했다. 맑은 국물은 그냥 국물이었고 등등의 재료는 그런가 보다 했고 고기 완자나 전을 집어 먹게 되면 그건 좀 괜찮았다. 궁극적으로 신선로는 어린 입맛에는 그렇게 맛있는 맛은 아니었다. 생각해보면 짜지도 않고 기름기도 걷어낸 맑은 고기 육수는 콩소메 스프보다 깔끔하고, 채소를 같이 끓이니 국물은 더욱 시원할 것이며, 고기 완자나 전은 맛도 맛이지만 배를 채워주는 요소가 될 것이다. 지금 먹으라고 하면 슴슴하고 시원깔끔하게 맛있다며 미나리가 향도 좋다고 하며 먹을 것 같은데 지금은 그런 신선로가 없다. 이제 어머니도 안 계시고 신선로 용기들도 어디론가 다 사라졌다. 한정식집에 가면 신선로가 들어 있는 코스가 있기도 하다. 가격은 상당한데 그 신선로 맛은 뭔가 약식인 것 같다. 어렸을 때 먹었던 신선로가 훨씬 더 본격적인 맛과 모양을 지녔다. 요즘 한정식 코스에 들어 있는 신선로가 불길 올라오는 전통 신선로 용기에 담겨 나오는 건 본 적이 없다. 육수도 맑은 고기 국물이 아니고 용기에 담긴 내용물도 그렇게 가지런히 채 썰린 재료들과 작게 궁글린 완자와 용기에 어울리는 적당한 크기의 전들이 아니다. 아쉽다. 신선로는 내 머릿속에 존재한다.

생각해보면 배추 산성과 신선로는 우리 생활이 서구화되면서 사라져간 것 같다. 주택에 살 때까지는 겨울 김장 때가 되면 으레 배추김치, 동치미, 보쌈김치 등 여러 가지 종류의 김치들을 담갔고 마당 한구석을 파서 김칫독을 땅에 묻었다. 내올 때마다 춥긴 했지만 독에서 꺼낸 김치들은 쩡—하니 맛있었다. 배추 양념 속에 생선을 넣는 김치도 있었던 것 같은데 그것도 김치가 익으면서 아주 맛있게 곰삭았다. 갈현동에서 살았던 십대 시절에도 김장은 그렇게 진행되었다. 그때 나는 보쌈김치용 재료 준비를 거들었다. 꽃문양 쇠틀로 당근을 나박나박 찍어내거나 달군 팬에 은행을 재빨리 볶아 속껍질을 벗겨내거나 잣 꼭지를 떼는 손쉽고도 손 가는 일을 도왔다. 김장은 아니지만 그 시절 어머니들이 엄선하여 공수해 온 갈치속젓으로 담근 알타리김치, 파김치를 먹고 싶다. 여름에 손쉽게 담그는 것처럼 보이던 오이소박이도 먹고 싶다. 또 여름에 소금물 끓여 들이붓던 오이지도 먹고 싶다. 아, 겨울 동치미 무도 먹고 싶다. 그때 나는 보쌈김치를 안 좋아했다. 백김치 계열이어서 맵지도 않고 짜지도 않고 손만 많이 가는 김치라고 생각했고 배추 안에 들어있는 잣이 씹히는 게 별로였다. 잣 향이 강하게 느껴졌다. 지금은 그런 보쌈김치를 담그지도 않으니 그 역시 먹고 싶다. 납작 썬 밤, 얇게 돌려 썰어낸 대추, 석이버

114

섯 그리고 잣, 은행에 실고추 등등 다양한 재료가 들어가던 보쌈김치. 내가 죽기 전에 담가보고 죽을 수 있을까?

이런 김치들이 사라진 건 아파트로 이사한 후였다. 엄마도 한두 해는 몇 가지를 시도했는데 마당에 독 묻어 숙성시키던 그 김치 맛으로 익어주지 않았다. 배추 절이는 일을 할 장소도 마땅하지 않아 결국 욕조가 김장 배추 절이는 공간으로 당첨되었다. 어느 해인가 나는 새벽에 화장실에 갔다가 기절하는 줄 알았다. 그때도 욕조에 김장 배추를 절여두었는데 아마 소금 양이 조금 적었던 것 같다. 불을 켜고 들어가니 배추들이 다 뻐성뻐성하게 살아 키가 웃자란 듯 욕조 위로 쑥쑥 올라와 있었다. 배추 기세가 느껴지면서 무슨 장승들 같아 보였다. 순간 나는 숨이 멎는 줄 알았다. 공포영화도 그런 공포영화가 없었다. 얼마나 놀랐던지……. 절여져 숨이 죽었어야 할 배추들이 소금 양 부족으로 밤새 수분을 공급받은 셈이 된 것이다. 배추 산성이 든든해 보였다면 배추 욕조는 충격적이었다. 그러다가 이제는 김치를 사 먹는다. 어느 회사 김치가 더 맛있는지를 알아내는 게 중요한 일이 되었다.

신선로도 그렇게 사라진 것 같다. 처음에는 직접 숯불

을 당겨야 하는 용기였는데 더 개선된 형태라면서 고체 연료를 사용하는 신선로 용기가 나왔다. 엄마는 편할 것 같다면서 그 용기도 샀다. 그런데 가운데 구멍으로 뜨거운 불길이 솟아오르지 않는 신선로는 뭔가 시원찮은 느낌으로 국물을 데웠다. 그 무렵 우리는 좌식 밥상에서 입식 식탁으로 옮겨 갔고 엄마는 여기저기에서 다양한 종류의 음식들을 배우셨다. 그러고는 식구들에게 새로운 메뉴를 맛보여 주셨다. 제일 인상적인 것은 중식이었다. 나는 그때 덩달아 마늘, 생강, 파로 만드는 마생파 기름 내는 법을 배우게 되었고 중화요리 맛이 대개 그 기름 향에서 비롯한다는 것을 알게 되었다. 중식 조리사는 화력 좋은 개인용 가스버너(?)와 웍을 들고 다녔다. 그 후 식탁에는 마생파 기름, 팔각, 오향 등 다양한 향신료를 사용한 음식들이 거의 전문가 솜씨 방불한 상태로 올라왔다. 신선로는 정성을 다해야 하는 음식이었고 이제 또 다른 정성을 다하는 음식 레퍼토리들이 등장하게 된 것이다. 굳이 신선로여야 할 필요가 없어져서였을까. 나중에 엄마는 직장을 그만두고 원하던 전업주부가 되었는데 더 이상 신선로에 매진하시지는 않았다.

내 어렸을 적, 먹는 게 아니라 주로 보기만 했던 배추들

과 신선로. 그때도 그림의 떡 같은 존재였는데 지금 내게는

기억 속에 떠올려보는 가상의 먹거리가 되었다.

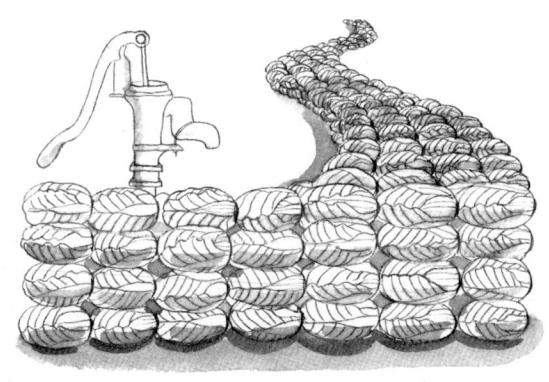

맛의 감각

시골 음식, 서울 음식

　아버지와 어머니의 만남은 시골 총각과 도시 처녀의 만남이었다. 두 분의 결혼 후 서울과 전라도의 음식이 섞여 나의 먹을 것은 다양한 방향성을 지니며 펼쳐지게 되었다. 두 분의 입맛이 어느 한쪽으로 통일된 것이 아니라 서로의 방향으로 경도되었기 때문이다. 우리 집은 김치도 젓갈 진한 남도식 김치와 시원한 서울식 김치를 다 담갔는데 결혼생활에 연륜이 쌓이자 아버지는 서울식 김치를, 어머니는 전라도식 김치를 더 좋아하게 되었다. 나는 두 가지가 다 좋다.

　어렸을 때 나는 소고기 특수부위를 종종 접할 수 있었다. 큼지막하게 빚은 만두로 끓인 만둣국도 자주 먹었다.

고기를 잘 안 먹었던 내가 소 허파를 지라라고 부르면서 편히 먹을 수 있게 된 건 외할머니 덕분이다. 그런가 하면 어렸을 때는 말린 피문어도 노상 입에 물고 다녔다. 제사 음식으로 굵고 긴 피문어 다리를 작은 칼로 오려 꽃 문양을 만들고 또 어떤 모양을 만들고 하는 것은 전라도식이었던 것 같다. 집에는 어디에선가 공수되어 온 작게 썰린 피문어 조각들이 간식처럼 늘 있었다. 설탕 소 넣고 집에서 만든 찐빵, 구멍가게에서 팔던 눈깔사탕 혹은 왕사탕, 왕드롭스도 달고 맛있었지만 지라나 피문어도 부드럽거나 쫍질하게 맛있었다.

그런데 어머니와 더불어 기억되는 음식은 향토색이 느껴지거나 하는 종류들이 아니다. 시골에서 시댁 어른들이 올라와 묵을 때가 되면 직장에서 급히 돌아와 뭔가 긴장해서 상을 차리곤 하셨다. 바쁜 직장 맘인지라 메뉴는 대부분 정해져 있었는데 선택 빈도가 높은 건 스키야키고 낮은 건 붉은 빛을 띠는 생선 요리였다. 아마도 연어구이 같은 음식이 아니었을까 싶다. 새 식구인 임마는 시댁 친척분들에게 뭔가 요리다운 특별한 것을 대접하고 싶었던 것 같다. 그래서 그런 날이면 여러 채소들을 장만하고 얇게 썬 소고기도 준비하고 그리고 항상 계란 노른자가 담긴 작은 개인 접시들을 준비해서 상을 차리셨다. 그러면 어른들 사이에 끼어 앉은 나도 엄마에게 배운 대로 계란 노른자 착착 풀어 연한 간장 소스에 적셔진 스키야키 재료들을 계란에 다시 푹 적셔 먹곤 했다. 삶은 노른자는 먹으면 목이 메고 머리가 아파오는 것 같아 삶은 계란은 맨 흰자만 골라 먹었는데 날계란 노른자를 풀어 찍어 먹는 건 짭잘달짝한 간장 소스의 맛을 부드럽게 해주면서 익힌 채소와 고기에 풍미를 더해주었다, 으흠~ 어린이가 먹기에 아주 좋은 음식이었다. 그래서 나는 시골에서 친척분들이 오는 게 좋았다. 그럴 때면 급하게 퇴근한 엄마는 서둘러 스키야키를 만들어서 볼품 있게 상을 차리셨다. 지금 생각해보면 스키야키 같은 음식은 그것 하나만 잘 준비하면 상차림이 완성되는 음식이어서 여러 밑반찬 준비하고 요리 한두 접시와 국과 밥을 내는 상차림보다 훨씬 효율적인 메뉴 선택이었던 것 같다. 아마 엄마도 그런 이유에서 스키야키를 선택하셨던 게 아닐까? 뭔가 새로운 요리이면서 근사해 보이는 메뉴. 상 차려낼 때 자리에 앉은 사람들의 '와우~'를 기대할 수 있는 음식. 스키야키는 아마 엄마가 노린 와우 포인트가 아니었을까 한다.

그러나⋯⋯. 처음부터 친척분들이 그 음식을 다 좋아라 하셨던 건 아니다. 이 음식은 어떻게 드시면 되는가 하면요, 같은 설명이 곁들여지면서 이렇게 계란을 푸시고요 여기에 야채와 고기들을 적셨다가 드세요, 하면서 시범이 보여지곤 했다. 처음에는 뭔가 복잡하고 어색해했던 것 같기도 하나 얼마 지난 후에는 그런 기억들이 없는 걸 보니 나중에는 아마 잘 드셨던 게 아닌가 싶다. 그런데 생선구이 상차림은 그리 성공적이지 않았던 걸로 기억한다. 엄마는 생선 역시 조금 특별한 걸로 대접하고 싶은 마음에 조기나 굴비 등이 아닌 생선을 선택하셨을 게다. 지금은 갈치도 비싸고 굴비는 더더욱 비싸지만 그때는 갈치도 비싼 생선이 아니었고 굴비도 비슷했다. 그러니 전라도 친척분들이 평소에는 잘 드시지 않았을 특별한 식재료로 붉은 생선을 구해 대접했을 터인데 어른들 반응 중에는 '어라, 생선이 왜 이렇게 삘 가냐?' 하는 경우도 있었다. 어쩌면 선도를 의심했던 게 아닐까 싶고 그날 엄마는 좀 속상해하셨던 것 같다. 이 생선은 원래 색이 이런 것이라고 설명했지만 젓가락이 잘 가지 않았기 때문일 것이다. 시골 시댁 어른들은 그렇게 서울 새댁의 상차림에 적응해갔다. 어쨌거나 저쨌거나 나는 친척들이 오시면 날계란 착착 풀어 먹는 스키야키를 먹을 수 있다는 기대에 기분이 살랑살랑 좋았다.

내가 기억하는 시골 음식은 별로 없다. 초등학교에도 들어가기 전 시골에 갔던 기억이 있는데 그때 내게 먹을거리로 인상적이었던, 존재감 확실한 것은 케이크였다. 약간 좁은 시골 방에 여러 친척들이 둘러앉아 있고 뭔가 노래와 춤을 해보라 하고, 나는 두 팔 벌리고 너울거렸던 것 같다. 그렇게 빙빙 돌아가는 와중에 큰 상 한가운데에는 화려한 모양새의 케이크가 자리 잡고 있었다. 크기도 상당히 크고 이 단쯤 되었던 것 같은데 뭔가 겉면이 맨질맨질한 상태로 반짝였고 색깔도 색마다 다 진했다. 서울에서 보던 버터크림 케이크의 존재감에 비하면 훨씬 더 강렬하고 좀 야한 느낌의 케이크였다. 와~ 시골에 저런 케이크가 있구나. 저 당당해 보이는 케이크의 맛은 어떨까? 그래서 나중에 먹어도 되는가 물었는데 돌아온 대답은 못 먹는다는 것이었다. 왜? 의아했다. 대답은 그 케이크는 그냥 보는 용이고 먹을 수는 없다는 것이다. 먹을 수 없는 관상용 케이크라니 완전 새로운 문물이었다. 그래서 그렇게 쇼트닝 표면처럼 맨질맨질했던 것일까? 빨갛고 파랗고 초록색이었던 것일까? 폄하의 시

122

선 하나도 없이 그냥 그런 케이크를 만든다는 것이 새롭게 느껴졌다. 먹을 수는 없어 맛은 존재하지 않지만 제 몫을 제대로 해낸 케이크였다.

키워주신 외할머니 음식은 맛으로 기억나지 않는데 가끔씩 머물다 가신 친할머니는 맛으로 기억된다. 시골 음식, 이제는 사 먹을 수도 없는……. 이렇게 쓰다 보니 키워주고 먹여주신 외할머니에게 죄송한 마음이 든다. 어쩌면 외할머니와는 너무도 많은 추억이 있어 해주신 음식은 그중 일부만을 차지하기에 그럴 수도 있겠다. 그래도 외할머니와 관련해 인상적으로 기억하는 음식 이야기는 사과, 삶은 지라, 생선 잔뼈와 눈알 잘 씹어 먹기 등이다. 아니면 전장 김 가장자리에 밥을 두고, 그 위에 썰지 않은 배추김치를 길게 놓고, 콩자반도 늘어놓고 둘둘 말아 썰지도 않은 채 두 손으로 잡고 먹었던 김밥 정도다. 그때 중요한 건 김과 김치를 단번에 끊어내는 앞니의 강도다. 또 콩자반을 툴툴 빠뜨리며 먹지 않는 정밀함도 요구된다. 그 김밥 먹는 광경을 엄마가 보셨다면 아마 안 좋아하셨을 것이다. 하지만 내게는 즐거운 기억이다. 어렸을 때 가르침은 중요하다. 난 지금도 생선을 무척이나 깔끔하게 먹는다. 웬만하면 뼈도 잘근잘근

잘 씹어 먹고 눈알을 집어 먹을 때도 있다. 다 외할머니의 특훈 덕분이다.

하지만 그래도 그리운 음식은 친할머니가 해주신 시골 음식이다. 스키야키는 식당들도 생겼고 나도 해 먹으려면 어슷비슷 흉내 낼 수도 있겠다 싶은 음식이다. 하지만 시골에 계신 친할머니가 손수 만들어 고리짝에 담아 보내주시던 음식은 이제 세상 어디에도 없다. 겨울이면 여러 개의 대나무 고리짝에 담긴 음식들이 올라왔는데 전부 다 간식이었다. 한국식 전통 간식. 받는 날 고리짝마다 뚜껑을 열어볼 때가 제일 좋았다. 그리고 좋아하는 순서대로 두고두고 하나씩 먹어갔다. 할머니는 유과도 많이 보내주셨지만 내가 꼽는 베스트 3가지는 부슬부슬 고물에 덮인 부정형의 감떡, 가운데 구멍 뻥 뚫린 기다란 흰 엿 그리고 펑퍼짐하고 납작하게 눌려 모양 빠지는 쑥개떡이다. 요즘 파는 쑥개떡에는 '개'를 붙이는 게 어울리지 않는다. 그런 모양이라면 '개' 자는 빼야 한다.

어렸을 때는 친할머니의 그 음식이 그렇게 귀하고 맛있는 것인 줄 모르고 먹었다. 겨울이면 할머니가 보내주시는 것들이었고 없어도 아쉽게 여기지는 않았을지도 모른다.

물론 어렸을 때는 그랬을 것이라는 말이다. 할머니의 감떡은 모양이 잡혀 있지 않는데 은근하게 달짝한 감 맛에 부드러운 식감의 떡이었다. 쫀득하게 씹히지는 않아서 이게 떡이라 하니 떡이구나 했다. 가장 친숙했던 건 흰 엿. 이건 지금도 파는 게 있던데 할머니의 엿처럼 깨끗하고 거슬리지 않을 정도의 생강향에, 깨물 때 그렇게 파삭 부숴지는 식감의 엿은 찾아보기 어렵다. 그 가운데가 적당한 크기로 아주 시원하게 뻥뻥 뚫려 있어 그렇게 파삭 깨물어졌던 것 같다. 쑥개떡은 처음에는 이런 떡은 왜 보내주시나 했다. 너무 볼품없고 금방 굳었기 때문이다. 그런데 이 떡의 진수를 깨닫는 데는 그리 오랜 시간이 걸리지 않았다. 진짜 쑥이 얼기설기 씹히면서 얄팍한 그 쑥떡은 굳었을 때 더 진가를 발휘한다. 불에 구워 설탕을 짜라락 뿌리면 말이다. 중간중간 질깃한 식감과 은은한 쑥향에 불맛과 탄수화물의 조화 그리고 얇은 두께의 가벼움이 바삭하게 느껴지는 간식이 된다. 그러나 가장 그리운 것은 감떡이다. 할머니는 순천에서 조금 더 들어가는 쌍임이란 곳에 사셨다. 아마도 두 개의 큰 바위가 있었나 보다. 그런데 그곳에는 정말 감나무가 엄청 많았다. 어렸을 때 겨울에 그곳에 가면 할머니가 골방에서 독에 넣어둔 연시를 꺼내주시곤 했다. 한겨울의 홍시는 아주 시원하고 달았다. 호로록 먹으면 한 입 거리 정도로 끝나 몇 개쯤 먹어야 먹은 듯했다. 골방 독들 속에는 얼어 터진 홍시, 괜찮은 모양의 홍시 등이 쟁여져 있어서 내가 먹 성 좋게 먹어도 별 티도 나지 않았다. 감떡은 이렇게 감이 많아야 가능한 음식이다. 홍시에서 살만을 발라내어 가마 솥에 찻잎 덖듯 그 감 속살만을 덖어 찹쌀가루를 섞어 만 들어낸다고 한다. 그렇기 때문에 부정형이 될 수밖에 없는 것이다. 식감은 아주 몰캉몰캉하다. 그 위에 콩고물을 뿌리 면 감떡이다. 어렸을 때 나는 이게 손 가는 음식이라는 생 각은 하지 못한 채 그 은은한 식감을 즐겼다.

할머니가 돌아가시니 그 음식들도 끊겼다. 만드는 사람 과 함께 사라진 것이다. 친할머니와는 오랜 시간을 함께하 지는 못했지만 할머니는 그 음식들을 덖고 고고 찌고 하는 그 온 시간 동안을 우리와 함께하셨다고 생각한다. 먹으면 서는 전혀 귀한 줄도 몰랐던 그 간식들이 막상 먹고 싶어 진 지금은 세상 어디에서도 찾아보기 어렵게 되었다.

한 움큼의 희어진 쪽찐머리를 하고 그 쪽찐머리에 가운 데가 빈 은비녀를 질러 꽂고서 겨자색과 짙은 고동색이 얼룩얼룩한 옥함 속 담뱃잎을 담뱃대에 꾹꾹 눌러 담고는 불을 당겨 곰방대를 뻑뻑 빨아 담배를 피우시던 할머니. 외할머니 손에서 자란 나는 친할머니와는 그만큼 친밀하지는 않았지만 외할머니의 음식은 잘 기억이 나지 않고, 친할머니는 이제 먹을 기회가 없어진 그 음식들로 살갑다.

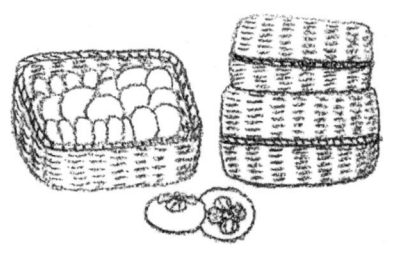

이렇게 저렇게 쌓이는 맛

계란의 추억

 손쉽고 간편한 완전식품, 나는 계란을 좋아한다. 삶아먹
어도, 프라이해 먹어도, 때로는 날로 먹어도 괜찮다. 그러나
가장 좋아하는 것은 삶은 계란이고 그것도 노른자 호르륵
흡입 가능한 반숙이 제일 반갑다. 학교 매점이나 찜질방 매
점에서 선호하는 건 구운 달걀이다. 구운 달걀은 노른자보
다는 진한 갈색을 띠고 있는 쫄깃 탱글해진 흰자 식감을 즐
기며 먹게 된다. 이때는 찜질방에서 파는 얼음 살짝 낀 식
혜가 필요하다. 그렇다고 학교 매점에서까지 식혜 음료를
사게 되지는 않는다. 어찌 됐든 완전식품 계란은 맛과 영양
과 위안을 동시에 주는 식재료이다. 내게 이렇게 충족감을

주는 계란에 감사,하다는 생각이 들려 하다 보니 닭도 생각
난다. 음, 마음이 좀 복잡해진다. 너무 많이 먹지는 말아야
겠다.

그런데 웬만해서는 만나지지 않는 계란 프라이가 있다.
요즘에는 '써니사이드업'을 많이들 언급하던데 그 이름도
예쁜 써니사이드업도 덜 익힌 노른자가 내 마음에 쏙 들긴
하지만 내가 만나고픈 계란 프라이는 중국집 짜장면 위에
올려진 계란 프라이다. 내가 어렸을 때 서대문 농협 건물 근
방에 중국집이 하나 있었다. 부모님 직장이 그 근방이었고
두 분 다 그 중국집을 애용하셨다. 나도 부모님을 따라 그
중국집에 갔던 기억이 난다. 그 집에서 인상적이었던 메뉴
는 짜장면이다. 내가 어렸으니 부모님이 짜장면을 시켜줘
서 기억하는지 아니면 내가 유독 좋아해서 기억하는지 선
명하게 구별하여 말하기는 어려우나 나는 감히 후자에 동
그라미를 치겠다. 몇십 년도 더 지난 지금도 그 중국집 짜장
면 스타일을 또렷이 기억하고 있기 때문이다.

그 집 짜장면은 맛있었다. 주문을 하면 따끈한 면 위에
짜장이 끼얹어 나오고 짜장 위에는 가늘게 채친 오이가 조
금 올려져 있었다. 관건은 같이 얹혀 나오는 계란 프라이였

다. 그것은 우리가 집에서 잘 해 먹는 스타일의 계란 프라이도 아니고 그렇다고 써니사이드업이나 오버이지 스타일의 계란 프라이도 아니었다. 짜장 위의 계란 프라이는 흰자 가장자리를 베어 물면 고소하니 바삭하게 씹혔다. 가장자리가 약간 딱딱하다고 하여 노른자까지 팍 익은 상태는 아니었다. 가운데는 반숙처럼 덜 익은 상태였다. 나중에 어머니에게 들으니 그 집 짜장면 위의 계란 프라이는 기름에 튀겨 나오는 것이라 했다, 아 그렇구나. 중국집 짜장면 위의 계란 프라이는 그렇게 하는 거구나 알게 되었다. 부모님은 그 중국집을 좋아하셨다. 식당이 크지는 않았으나 음식이 맛있었다. 어린 내 눈에도 장사가 잘되는 것처럼 보였다.

그런데 어느 해 겨울, 부모님이 그 집이 문을 닫았다는 말을 주고받으며 장사도 잘됐는데 왜 닫았는지 궁금해하셨다. 그리고 얼마 후에 그 집이 문을 닫게 된 사연을 듣게 되었다. 역시 부모님 옆에 앉아 있다가 얻어 듣게 된 것이다. 풍문에 의하면 중국집 사장이 가게를 다른 사람에게 넘겼는데 빚 때문에 그렇게 되었다는 것이다. 장사가 잘됐다며, 왜? 나는 나도 모르게 주의를 기울였다. 그 주인은 중국인이었다고 한다. 아마 화교일 수도 있겠다. 중국사람들은 음력 정월 초하룻날을 춘절이라 하며 오래 쉬는데 그때 그 집도 보름을 쉬었단다. 그런데 연휴가 길다 보니 지루했던 주인이 도박을 했고 결국 망했다는 것이다, 도박 빚에 넘어간 중국집. 아마 마작이었으려나? 당시 우리나라는 양력 설만 사흘 쉬고 음력 설은 공휴일이 아니었다. 보름이나 쉬다니 어린 내 귀에도 아주 괜찮게 들렸다. 지금 생각해보면 그 주인은 춘절에만 도박을 한 건 아니었지 싶다. 어쨌거나 보름 휴무가 지루하여 종업원과 함께 도박을 했는데 판돈이 달리자 막판에는 더 댈 게 없어 자신의 중국집을 걸었다는 것이다. 그런데 그만 주인이 졌고 결국 그 잘되던 맛있는 중국집은 도박 빚으로 종업원 손으로 넘어가게 되었다는 얘기다. 주인은 빈털터리가 되었다고 했다. 이런 스토리라니, 아득하니 무슨 설화 같은 이야기다. 아, 인생이 이럴 수도 있다는 걸 처음 알게 되었던 사건이다. 이후 그 중국집은 영영 문을 닫아버렸다. 더불어 그 짜장면도 함께 사라졌다. 물론 이후 나는 매우 많은, 스타일도 다양하게 변주된 짜장면을 먹어왔다. 그런데 그때 그런 계란 프라이가 얹힌 짜장면은 만나지 못했다. 일부러 중국인이 하는 중국집을 찾아가도, 계란을 튀겨 얹는다는 집을 찾아가도 딱 그 스타일의 계란 프라이는 아니었다. 그 계란 프라이도 영영 추억이다.

계란에 얽힌 또 하나의 기억. 그 중국집 근처에는 다방이 하나 있었다. 옛날 스타일의 다방으로 금붕어 어항이 있고 담배 연기도 있었다. 손님은 대부분 남자 어른들이고 어린이는 찾아보기 어려운 풍경이었는데, 어린 나는 부모님과 함께 입장하였다. 부모님 따라 어른들의 공간에 들어가는 건 재미가 있었다. 부모님은 내게 늘 데운 우유 한 잔을 시켜주고 두 분은 다른 것을 드셨다. 그때 주문한 메뉴 중에 모닝커피라는 것이 있었다. 그 모닝커피는 커피에 계란 노른자가 동동 띄워진 상태로 나왔고 가격도 조금 더 비쌌다. 이 커피는 아침 식사를 제대로 못 했거나 혹은 영양을 공급해야겠다는 생각이 드는 경우 선택하는 메뉴였다. 나도 그 맛이 궁금하기는 했으나 커피는 못 마시게 해서 맛을 보지는 못했다. 사실 맛보고 싶은 마음이 간절했던 것도 아니다. 그런데 어느 날 아침, 엄마가 아버지 미역국에 계란 노른자를 하나 띄워 내셨다. 엥? 미역국에 웬 노른자? 처음 보는 미역국 스타일이었다. 엄마는 오늘 아침 밥상에 영양분이 좀 부족한 듯하여 모닝커피처럼 우선 아버지 미역국에 계란 노른자를 하나 넣었다는 것이다. 내가 비껴간 것에

안도했다. 미역국과 날계란 노른자 조합은 안 당겼다. 표정을 보니 아버지도 별로 내키지 않은 듯했지만 아마 본인의 몫이라고 생각하신 것 같았다. 아버지는 가타부타 말없이 차려지는 대로 드시는 스타일이었다. 그렇다고 맛있게 즐겨 드시는 음식이 없는 건 아니었다. 모닝커피는 즐기며 드셨던 데 비해 미역국은 질끈 참고 드시는 느낌이었다. 모든 뜨거운 국물 위에 계란 노른자를 얹을 일은 아닌가 보다.

하지만 내가 좋아하는 뜨거운 국물 위 노른자가 있다. 바로 쌍화차다. 쌍화차 경우에는 그냥 쌍화차가 아니라 계란 노른자가 동글하게 띄워진 쌍화차가 더 좋다. 계란 노른자는 내가 마시고픈 쌍화차에 마지막 방점을 찍는 중요한 그 무엇이다. 그런데 요새는 그런 쌍화차를 만나기가 쉽지 않다. 제품을 사용하지 않고 끓여내면서 잣이나 호두에 더해 꿀에 잰 대추 썬 것 등을 올려내면 아주 잘 만든 쌍화차다. 그런데 그 위에 계란 노른자를 얹어 내는 경우는 드물다. 언젠가 들른 인사동 한 카페에서 계란 노른자 추가가 가능하다는 언급이 있길래 주문하려 했더니 이건 작은 그릇에 따로 나온다는 것이다. 음, 계란 노른자와 더불어 마시는 쌍화차는 온도가 아주 따끈해야 하는데 따로 담아준다는 설명이 왠지 미덥지 않아 추가하지 않고 시켜보았다. 과연 그렇게 하길 잘했다. 쌍화차의 온도는 계란 노른자를 넣어 산뜻하게 마실 만큼 충분히 따끈하지 않았다.

내가 원하는 스타일의 쌍화차는 을지다방이라는 곳에 있다. 연륜 있는 분위기를 즐기고 싶은 기분이 들 때면 을지면옥이나 혹은 근처 조선옥에 들르곤 했다. 그리고 수다를 이어가고 싶으면 을지다방으로 자리를 옮겼다. 을지면옥 옆 건물 이층으로 올라가면 을지다방이라는 오래된 옛날 스타일의 다방이 있었다. 지금은 자리를 옮겼다고 한다. 내가 마지막으로 갔을 때는 자리를 옮기기 전이었다. 그것도 아주 오랜만의 방문이었다. 계단을 올라 들어가서 창가에 앉아볼까 했더니 테이블 위에 뭔가가 많이 놓여 있는 게 눈에 들어왔다. 그때 주인이 급히 와서 말렸다. 거기에는 앉지 마세요! 비티에스가 앉았던 자리예요! 그제야 테이블 위에 놓여 있는 것들이 방탄소년단 멤버들을 찍은 사진이라는 걸 알 수 있었다. 이런 옛날 스타일 다방에 방탄이 왔다 갔구나, 레트로가 트렌디한 감성이라고 하더니 이런 거로구나 싶었다. 여주인의 자랑이 늘어졌다. 방탄이 방문한 뒤에 그 다방이 성지가 되었다고 한다. 주인의 자부심을 뒤로 하

이렇게 저렇게 쌓이는 맛

고 우리는 다른 탁자에 앉아 각자 마실 것을 주문했다. 난 당연히 계란 노른자 띄운 쌍화차를 주문했다. 그러자 주인이 또 질문을 한다. 아, 손님도 방탄이 주문해서 주문하느냐고. 난 그냥 주문했을 뿐이다. 그러고 보니 우리가 들어간 이후로도 젊은 손님들이 서너 명씩 무리를 지어 방탄이 앉았다는 자리에 가서 사진을 찍었다. 잠시 후에 쌍화차가 나왔는데 따끈하니 역시 내가 원하는 스타일이었다. 계란 노른자를 뜨려는데 주인이 와서 또 묻는다. 마실 줄 아느냐고. 당연히 알지요,라고 생각하면서 안다고 대답했다. 그래도 설명을 해주었는데 계란 노른자를 풀지 말고 동그란 채로 마시라고 말이다. 아니 누가 쌍화차 위의 노른자를 터뜨려 섞어 마신단 말인가 생각했는데 실제로 대부분의 손님들이 마실 줄 몰라 그렇게 하거나 아니면 못 마시거나 한다는 것이다. 그래서 마시는 방법을 설명해준다고 말이다. 아, 그런 사정이 있었구나 하면서 걱정 마시라고 하고 오래간만에 계란 노른자 올라간 쌍화차를 잘 즐겼다. 한 잔쯤 더 마셔도 좋을 맛이었다. 우리는 수다를 이어가고 있었는데 아까 그 손님들도 차례대로 사진 찍고는 자리에 앉아 주문을 했다. 테이블마다 계란 노른자 띄운 쌍화차가 빠지지 않았다. 주문한 음료가 나오자 또 다들 사진을 찍었고 주인은 음료를 내려놓으면서 쌍화차 마시는 법을 친절하게 설명해주었다. 그들은 마실까 어쩔까 하는 것 같더니 수다도 안 떨고 재빨리 나간다. 테이블 위엔 쌍화차가 그대로 남아 있었다. 어쩌면 손도 대지 않은 것 같은 상태였다. 마실까 말까 잠시 고민하다가 못 마시겠다 쪽으로 의견이 기울었나 보다. 아깝다. 맛있는데……. 방금 그 손님들이 왔다가 가는 걸 다 봤으니, 또 그냥 버리는 건 좀 아까우니 내가 마신다고 해볼까? 짧은 시간 동안 뇌 회로 바쁘게 잠시 고민해 봤으나, 말았다. 그냥 한 잔으로 만족하자 하면서. 그 다방에서는 지금도 관상용 쌍화차가 생겨나고 있을지 모르겠다.

엄마를 따라가면

엄마를 따라가면, 엄마를 따라가면—. '어머니'를 따라 갔을 때는 따라나선 이유도 다종다양하고 갔던 장소의 스 펙트럼도 넓게 펼쳐진다. 호기심이나 재미 혹은 즐거움 쪽 보다는 뭔가 할 일이 있어서였다. 그런데 '엄마'를 따라간 장 소들은 대개 낯설고 첫 경험이고 호기심과 즐거움이 뒤섞 인 감정인 경우가 많다. 장소는? 식당 아니면 슈퍼가 기억 난다. 그것도 대형슈퍼. 시장은 주로 외할머니와 같이 갔다. 할머니 꽁무니를 쫓아 닭집에 가면 할머니는 둘러보다 손 으로 닭을 콕 짚어 가리키고 가게 주인은 그 닭을 잡았다. 나는 곁에 서서 닭이 식탁에 오르기까지의 모든 과정을 좀 불편한 마음으로, 그러나 당연히 그런 것으로 알아가기 시작했다. 닭집 옆에는 생선가게가 있었다. 오래 사용한 듯한 나무 밑동 같은 것이 생선을 잘라내는 도마 역할을 했다. 생선가게 아주머니는 그 위에서 탁! 힘있게 생선 대가리를 쳐내고 내장을 쓱쓱 제거하고 탁탁탁! 몸통을 몇 조각 내어 신문지 같은 종이에 둘둘 싸서 주었다. 그리고 참기름을 짤 때면 할머니는 나를 꼭 그 참기름집에 앉혀놓고 시장을 보러 다니셨다. 할머니는 추출되어 나오는 참기름을 잘 지켜보고 있으라고 하셨다. 당시에는 참기름 양을 속인다는 말이 있었다. 지루한 시간이었다. 그러나 내 눈에 비친 시장 풍경은 활물 같은 생동감이 있었고 나는 거기에서 산다는 것에 대해 감각으로 익히고 있었는지 모르겠다. 시장에서 생과 사의 순간을 목도했고 할머니가 내 작은 엉덩이를 붙들어놓고 속고 속이기 게임에서 밀리지 않는 한 수를 둔다는 것을 눈치채곤 했다. 엄마를 따라간 슈퍼에서는 이런 감각이 작동할 기회가 없었다.

엄마는 국수를 좋아하셨다. 초등학교 들어가기 전에 나는 엄마를 따라 광화문에서 냄비우동과 메밀국수를 배웠다. 이건 이런 식당에서 이렇게 시켜 먹는 거로구나. 분홍색 가장자리가 둘러 있는 어묵 한 조각에 쑥갓이 들어 있는 냄비우동은 겨울철 별미였다. 얼마나 따끈하게 끓여내는지 후루룩 먹으려다가는 입천장을 데기 일쑤였다. 물론 엄마도 데었다. 시간이 좀 지나면 입천장에는 허연 꺼풀이 생겨 혀로 그 꺼풀을 밀어내는 놀이를 하곤 했다. 그 무렵 광화문에는 금강제화, 에스콰이어 등이 위풍당당하게 자리를 잡고 있었고 우동집은 그 길 가운데 끼어 있었다. 미진 역시 엄마를 따라갔다가 그 이후로 쭉 즐겨 다니는 식당이 되었다. 미진이 교보문고 뒤에 있을 때 그곳은 핫플레이스였다. 식당 분위기도 조촐하여 마음에 들었다. 거물급 정치인들도 자기 쪽 사람들 한 무리를 이끌고 와서 메밀국수를 먹곤 하던 식당이다. 메뉴도 지금처럼 많지 않았고 그래서 더 좋았던 것 같고 대표 메뉴 판모밀만으로도 충분히 장사가 잘되었다. 피맛골 개발 여파로 미진은 장소를 옮겨야 했다. 피맛골이 개발되었어야만 했는지 잘 모르겠지만, 아쉽다. 여전히 장사는 잘되지만 미진은 이사하면서 공간의 아우라를 잃었다고 생각한다. 아무튼 미진의 메밀국수용 간장은 좀 한국화된 맛인데 그래서인지 입에 짝 맞았다. 아마 단맛이 어린아이 입맛에 딱이었는지도 모르겠다. 엄마는 여름이면 집에서도 판모밀국수를 해주었다. 물론 국수를 밭치는 발과 일본풍 그릇들도 식구 수만큼 구비하였다. 메밀국수 간장도 직접 만들었는데 엄마표도 정말 맛있었다. 그런데 어려움은 무를 가는 일이었다. 팔목이 아프셨던 것 같다. 그래서 간 무와 썬 파는 최소한의 양만 준비하였다. 그런데 미진에 가면 그 아쉬웠던 무가 수북하게 갈려 있고 파가 수북하게 썰려 있어 아주 마음이 넉넉해졌다. 간장에 와사비 풀고 간 무를 실컷 넣고 파도 충분히 넣고 채 썬 김도 적당하게 넣으면, 그리고 간장에 메밀을 담가 시원하니 한입 가득 먹을 때면 세상 다 가진 듯한 기분이 되었다.

그러나 엄마를 따라간 곳 중 가장 인상적으로 남아 있는 데는 명동의 오비스캐빈이다. 이곳은 나와 남동생이 따라갔다. 어느 날 우리가 왜 저녁시간에 엄마를 따라 거기 가서 밥을 먹었는지는 모르겠다. 우리 중 누구 생일도 아니었고 뭔가 특별한 일도 없었던 것 같은데 말이다. 어쨌든 근무가 끝난 후 엄마는 우리를 데리고 명동에서 저녁을 사주셨는데 지금도 그 장소가, 음식이 영화처럼 기억에 남아 있다. 오비스캐빈이란 곳은 나중에 보니 당시 꽤 인기 있는 곳이었다. 오비스캐빈 입구 한 벽면에는 커다란 사진이 붙어 있었는데 나는 그들이 누구인지, 왜 붙어 있는지 아무 관심도 없었다. 그 벽은 그냥 스쳐가는 벽이었을 뿐이다. 그런데한 사람은 얼굴이 기억에 남았고 시간이 지나 그를 알아봤다. 송창식이었다. 송창식은 오비스캐빈 초대가수였던 것이다. 당시에는 쎄시봉처럼 가수들이 직접 나와서 노래를 하는 공간들이 있었다. 하긴 이런 식의 공연은 1980년대 이대앞에서도 있었다. 나는 그 시절 이대 정문 앞 작은 소극장같은 공간에서 이광조 노래를 들었던 기억이 있고, 신촌 기차역 건너편 모노라는 곳에서는 남성 듀오 해바라기가 노래를 불렀다. 하지만 오비스캐빈에 갔을 때는 너무 어렸었다. 그런 즐거움은 알지 못했고 오비스캐빈은 그저 신기한밥 먹는 공간이었다. 그곳에서는 음식을 준비해서 내는 공간이 바처럼 손님들 테이블에서 다 보이게 되어 있었다. 그런 게 신기했다. 젊은 남자들이 웨이터 복장을 잘 갖춰 입고 갖춰진 태도로 서빙을 했다. 우리는 그 바같이 생긴 곳앞에 놓인 테이블에서 밥을 먹었다. 내가 좋아한 메뉴는 동그란 소고기 가장자리에 베이컨을 둘러 이쑤시개를 꽂아고정시킨 상태로 나오는 요리였다. 모양을 보면 아마 안심이었을 것이다. 고기는 부드럽고 특히 가장자리 베이컨이

고소하게 맛있었다. 고기를 썰기 전에 이쑤시개를 먼저 뽑아두지 않으면 이쑤시개를 같이 써는 난감한 상황이 벌어지기도 했다. 그곳에는 우리 같은 어린아이는 없었던 것 같은데 옆에 엄마가 있어 무심할 수 있었다. 나중에 보니 오비스캐빈은 가수들의 노래를 들으면서 맥주를 마시는 곳으로 유명하고 더불어 식사 메뉴도 같이 제공하는 곳이었다. 그런데 음식도 고급하게 잘 나왔던 것으로 기억한다. 엄마는 그 가수들의 노래를 들으러 가셨던 것일까? 알 수 없다. 맥주를 드셨던가? 모르겠다. 나는 좀 낯설고 어둡고 별세계 같은 공간에서 베이컨 띠 둘러진 별식을 먹는다는 기대에 설렜다.

또 하나, 엄마를 따라가면 아주 신나는 곳이 있었다. 바로 한남동에 있던 한남체인이라는 슈퍼다. 그곳에 간다는 건 손님을 차린다는 뜻이었다. 예전에는 모든 모임을 다 집에서 했다. 집안 어른들 생신이나 혹은 의미 있는 일이 있거나 아니면 손님 대접을 해야 할 때면 엄마는 매우 체계적으로 준비를 했다. 오실 손님들의 특성에 맞춰, 계절 감각에 맞춰 그리고 새롭게 눈길이 갈 만한 약간은 낯선 메뉴를 포함하여 손님상을 구상했다. 일주일 전부터 집 안의 커튼 빨기, 대청소하기, 김치 담그기 등의 밑작업이 시작된다. 그러고는 식재료에 따른 큰 장보기를 시작한다. 또 다양한 모양과 크기의 잔들을 반짝하게 닦아 손님들이 사용하기에 편리하도록 진열해놓기도 했다. 또 엄마는 하루나 이틀 전쯤에는 꼭 한남슈퍼에 가셨다. 그 장보기가 마지막이었는데 늘 나를 대동하고 가셨다. 안주를 구입하기 위해서였다. 그 슈퍼는 택시를 타고 가야 했는데 거기는 어린 내가 느끼기에는 신기한 물건들로 가득한 운동장 같은 곳이었다. 나는 키 큰 진열장들이 즐비하게 줄지어 있던 그 공간을 매 진열장마다 구경하며 쏘다녔다. 그곳에서만 파는 다양한 마른 안주류가 있었다. 술과는 거리가 멀었지만 안주들에는 지대한 관심이 있었다. 내가 좋아한 건 새우를 반으로 갈라 꼬리까지 모양을 살려 납작하게 말려놓은 것이었다. 어느 정도 도톰하고 적당하게 조미가 되어 있었다. 소고기 육포, 대구포도 맛있었다. 지금 생각해보면 장보기에 아무런 도움도 되지 않았는데 엄마는 왜 나를 데리고 가셨는지 모르겠다. 혼자 장보기가 심심하셨던 것일까?

어쨌거나 손님 차릴 때라야 갈 수 있었던 한남체인은 언제나 기꺼이 따라갔던, 나풀나풀 즐거운 나들이였다. 창경

궁이 창경원이던 시절, 그곳에서 원숭이를 보고 회전목마를 타고 하는 것도 즐거웠지만 한남체인은 창경원보다 한 수 위의 즐거움을 제공하는 놀이터였다. 어렸을 때라 시장과 슈퍼 가는 게 나들이 같아서였을까? 온라인 쇼핑이 대세를 이루는 요즘에도 나는 슈퍼나 시장에서 장 보는 걸 좋아한다. 직접 가서 싱싱하고 빛깔 예쁜 과일과 채소를 보는 것은 눈이 즐겁고, 신선하게 진열된 은갈치들도 멋있다 (죽은 갈치에게 멋있다고 얘기하려니 미안하다). 또 식재료만이 아니라 옷을 사는 것도 시장이 재미있다. 동평화시장과 남대문시장은 늘 가고 싶은 곳이다. 이런 시장들은 굳이 뭘 사지 않아도 재미있다. 나는 시장 러버인가 보다.

카스테라와 멘보샤

엄마는 월화수목금 직장에서 복무하고 토요일은 집에서 복무하는 느낌으로 사셨던 게 아닐까? 어쩌면 토요일은 즐거이 기꺼이 선택한 복무였을 수도 있다. 나는 일이 좀 없다 싶으면 나무늘보처럼 움직임이 거의 없이 지낼 것 같은데 엄마의 토요일은 평소 직장 맘으로서 못 한 일을 한 가지씩은 하는 그런 요일이었던 것 같다. 우리에게 토요일은 그래서 특별했다. 대개 그 한 가지가 먹을 것이 될 확률이 아주 높았기 때문이다. 한 주일 동안 평범하게 잘 먹었다고 치면 토요일은 뭔가 실험실에서 새로운 비율로 무언가를 합성하듯 그 전까지는 몰랐던 음식들을 먹을 수 있었다.

카스테라, 멘보샤 등이 금방 떠오른다. 어느 토요일날 엄마는 밀가루, 설탕 등등의 재료를 조리법에 적힌 대로 정량을 정확하게 계량하여 넣고 섞어 반죽을 했다. 나는 이런 이유로 음식할 때 계량컵, 계량스푼 같은 계량 용기를 사용하여 다양한 식재료를 몇 밀리미터, 몇 큰 술, 몇 작은 술, 몇 컵 등으로 정확하게 계량하는 일에 익숙해졌다. 눈대중과 손맛은 나중에 이해하게 된 요소이다. 토요일 엄마의 부엌에서는 실험실을 방불케 하는 정확함을 토대로 조리가 진행되었다. 그렇게 반죽을 하시더니 신문지를 가져오라고 했다. 난 엄마의 조수였다. 신문지를 가져다 드렸더니 스테인레스 스틸로 만들어진 트레이의 둘레와 운두에 맞게 신문지를 잘라 둘렀다. 밑바닥에도 붙였는지는 가물가물하다. 그렇게 용기에 신문지를 둘러 준비한 후 아까의 그 반죽을 주르륵 흘려 담았다. 이 과정 중에 유일하게 동생이랑 내가 참여할 수 있는 부분이 있었다. 반죽 표면 위에 계란 노른자로 긴 줄들을 그어놓은 후 우리가 쇠젓가락을 가지고 그 위를 가로 방향 위아래로 관통하게 해주셨다. 그러면 직선인 노른자가 젓가락 움직임에 따라 일정한 방향으로 곡선 무늬가 되었다. 그 무렵 엄마는 약식 오븐을 구입했고 한동안 주말마다 카스테라를 구워주셨다. 종이 구워지는 냄새 같은 느낌과 더불어 낯선 간식이 등장했다. 시간 맞춰 나온 카스테라에는 물결무늬 같은 문양이 카스테라 윗면보다 진한 갈색으로 선명해져 있었다. 처음에는 새 맛에 반해 순식간에 다 먹어버렸다. 물론 다른 식구들도 함께였다. 구입한 오븐을 자주 사용해야 한다고 생각하셨는지 아니면 엄마도 카스테라가 맛있었는지 한동안 주말이면 카스테라 굽는 냄새가 집 안 가득했다. 한 번, 두 번, 세 번 카스테라를 굽는 횟수가 늘어날수록 우리가 카스테라를 먹어 치우는 속도는 점점 느려졌다.

언젠가부터 사람들 사이에 멘보샤가 각광 받는 메뉴로 등장했다. 내게는 새삼스러운 유행으로 보였다. 2010년대 중반, 화교가 운영하는 연남동의 작고 허름한 한 중국집은 멘보샤가 맛있다고 소문이 나면서 유명해졌고 얼마 후 근처의 버젓하고 넓은 건물로 이사했다. 그 집 멘보샤는 다른 중국집에 비해 가격이 좀 낮고 맛은 아주 좋았다. 기름기가 쫙 빠진 게 고소하고 바삭했다. 생활공간과 식당 느낌이 섞인 허름한 그 중국집에서 먹어본 후에야 나는 멘보샤를 좋아하게 되었다.

어렸을 때 멘보샤를 종종 먹은 적이 있다. 그때는 그리 좋아하지 않았다. 1970년대에 멘보샤는 새로운 가정요리로 아름아름 유행한 적이 있었던 같다. 어느 주말, 엄마는 새로운 요리에 도전했다. 식빵을 작은 네모로 썰고 새우도 다지고 하더니 작은 식빵 두 장 사이에 새우 반죽을 끼워 넣고 그게 잘 붙어 흩어지지 않게 조심조심 기름에 튀겨 망에 밭쳐두었다. 엄마는 그 음식을 카스테라보다 더 정교하게 만들었던 것 같은데 난 그리 좋아하지 않았다. 기름기가 있어 느끼하게 느껴졌기 때문이다. 어른들은 좋아했다. 손님상에 내면 다들 무슨 요리냐고 물었고 엄마는 신이 난 듯 친절하게 설명을 하시곤 했다. 그러면 또 여자들은 대개 나도 해봐야겠다며 관심을 보였다. 이런 까닭으로 내게는 2010년대 멘보샤의 부상이 그 음식의 재림 같은 느낌이었는데 그렇게 말하는 사람들은 보지 못했다. 어렸을 때 가정요리로 멘보샤를 먹은 게 우리 집만의 경우인지 궁금해서 나와 학번이 비슷한 서울 태생의 동료 선생에게 물어본 적이 있다. 그의 어머니도 비슷하게 멘보샤를 만들었다는 대답이었다. 그럼 그렇지, 나는 속으로 뭔가를 확인받은 듯 시원했다. 그의 어머니와 우리 어머니는 우연히도 모두 일본에서 발행하는 《주부의 벗》이라는 여성 잡지를 구독했고 또 비슷한 때 멘보샤도 만들었다는 것을 알았다. 일본어는 알 턱이 없지만 어린 나도 매달 《주부의 벗》을 기다렸다. 《주부의 벗》에는 당시 우리나라 잡지에서는 보기 힘든 선명한 색상의 화보들이 많이 들어 있었다. 물기를 머금은 아스팔트는 촉촉하게 검은색이고 나뭇잎들은 생생하게 녹색이었다. 대체 이렇게 선명한 풍경을 지닌 일본은 어떤 나라인지 궁금했다.

엄마의 토요일 복무는 계속 이어졌다. 한동안은 식용 염료를 이용한 간식들을 해주셨다. 이 경우에는 원하는 색을 내기 위해 더욱 정교한 계량이 필요해 보였다. 그중 맛있었던 건 삼색 샌드위치와 김초밥이었다. 삼색 샌드위치를 할 때 나의 임무는 뜨거운 감자 으깨기였다. 엄마가 조심하라며 큰 볼에 감자 삶은 걸 넘겨주면 나는 부드럽게 무너져 내리는 감자들을 퍽퍽 으깨곤 했다. 엄마는 다른 재료들과 더불어 같이 버무릴 소스를 준비하고 으깬 감자 볼에 합한 후 세 덩어리로 나누어 식용 염료들을 섞었다. 똑같은 맛의 붉은색, 초록색, 노란색의 감자 샌드위치가 접시에 담겨 나오면 그게 삼색 샌드위치였다. 삼색이었지만 맛은 일색이고 감자를 좋아하는 나는 똑같은 맛의 샌드위치를 세 배로 먹었다. 그런데 삼색이 아니라 붉은색만 필요한 김초밥이 더 맛있었다. 김초밥은 정말 공이 많이 들어가는 음식이었다. 그건 하루로 안 되었다. 김초밥을 하기 위해 제일 먼저 준비한 재료는 흰살 생선을 붉은색으로 염색해서 넓은 채반에 밭쳐 말려낸 것이었다. 그런데 덩어리가 아니라 부슬부슬한 상태의 생선살이었다. 이걸 만들기 위해서는 생선과 식용 색소만이 아니라 딱 좋은 햇살과 그늘 등이 필요했다. 이 재료가 준비되면 금방 지은 쌀밥에 단촛물을 버무려놓고 간이 된 우엉, 계란, 시금치 등등을 준비하셨다. 그리고는 웅장한 합주곡처럼 김발 위에 김 한 장 놓고 그 위에 반 장 어슷 대고 밥을 좀 설렁설렁하게 펴고 준비한 재료들을 다 켜켜이 세로로 두어 느슨느슨, 꽉꽉 말아내셨다. 그러면 맛있는 김초밥이 되었다. 나는 소풍 때도 김초밥을 싸간 적이 많았다. 그런데 소풍 가서 도시락을 열면 친구들의 김밥과 내 김밥은 같지 않았다. 다 같은 김밥인데 좀 다르네라고 생각했던 기억이 친구들과 둘러앉은 풍경과 함께 지금도 사진처럼 선명하다. 당근, 시금치, 간 고기 등을 넣고 꽉꽉 단단히 말아 김에다 참기름 휙 바르고 참깨 뿌려내는 김밥. 나는 한참 후에야 알게 되었다. 엄마표 김초밥이 일본식에 가까운 것이고 참깨 뿌려진 친구들 김밥이 대개 우리가 김밥이라고 부르는 스타일이라는 걸 말이다. 지금 생각해보면 엄마는 한국식 음식보다 외국 음식 만들기에 도전적인 태도를 지니셨던 것 같다.

엄마가 외국식 음식에 도전적이어서 정말 좋은 게 있었다면 그건 아이스크림이다. 그때는 우리나라에 아이스크림이란 것이 없었다. 바닐라 아이스크림, 딸기씨 씹히는 딸기 아이스크림, 초콜릿 아이스크림 등은 다 미제였다. 어쩌다 한번 먹으면 부드럽게 녹아드는 것이 참 꿀맛이었다. 우리나라 제품으로는 아직 그런 것이 없었다. 하루는 엄마가 둥글납작하게 생긴 쇠로 된 기구를 가져오셨다. 궁금해하는 우리에게 그게 아이스크림 만드는 기구라고 하셨다. 그 용기에 우유를 담고(우유만 담으면 다였던가?) 일정 시간 냉동실에 두면 용기에 달린 뭔가가 우유를 저으면서 약식 아이스크림이 되어 나오는 것이었다. 아쉽게도 용량이 크지는 않았다. 엄마가 기구에 우유를 넣어 금성냉장고 냉동실에 넣으면 우리는 얌전히 그러나 눈이 빠지게 아이스크림을 기다렸다. 너무 부드러운 상태의 아이스크림이라고나 할까. 완벽한 아이스크림은 아니었으나 시원하고 달콤하고 부드러운 그 간식은 사라지는 게 아쉬울 뿐이었다.

초등학교 고학년이 될 무렵 나는 소독차 꽁무니를 따라 달리듯 〈엘리제를 위하여〉를 차임벨처럼 울리며 동네 골목을 누비던 퍼모스트 차 꽁무니를 황홀하게 따라다녔다. 그 차는 뒷문을 열고 따라오는 아이들에게 아이스크림을 공짜로 나눠주었기 때문이다. '띠리리리 리리리리리~' 하는 소리가 나면 나와 몇몇 아이들은 반사적으로 움직여서 아이스크림을 받았는데 그 아이스크림이 엄마표 아이스크림보다 더 아이스크림 같은 아이스크림이었다. 잠시 그 차가 꽁무니에 아이들을 달고 다니더니 퍼모스트라는 회사에서 아이스크림을 제품으로 출시해서 팔았고 우리는 퍼모스트 아이스크림을 사 먹게 되었다. 엄마가 아이스크림을 만들던 그 기구는 어떻게 되었는지 알지 못한다.

2005년에 〈안녕 프란체스카〉라는 TV시트콤이 있었다. 한 등장인물의 차가 후진할 때 〈엘리제를 위하여〉가 나왔다. 나는 그 시트콤의 열렬 시청자였는데 그 장면을 보다가 뭔가 묘한 느낌이 되었다. 어렸을 때가 환기되면서 나도 모르게 그 차를 따라가고 싶은 마음이 되었던 것 같다. 그런데 〈엘리제를 위하여〉만 듣고 그 후진하는 차에 달려들었다면? 그건 교통사고. 어렸을 때 천진난만하게 따라 달려 아이스크림을 받았던 기억과 부딪치면서 순간 기분이 묘해졌던 것 같다. 〈안녕 프란체스카〉를 보며 둥글납작한 아이스크림 용기가 생각났다. 엄마표 아이스크림도 해쉬라이스와 비슷한 과정을 거치며 사라졌다. 그런데 엄마표 해쉬라이스가 사라진 건 퍽 아쉬웠던 반면 엄마표 아이스크림 간식이 사라진 건 전혀 서운하지가 않았다. 얍삽한 마음이다.

식생활 개선 시도의 기억

소위 입식 생활을 하기 전까지 우리 집 아침밥은 안방에서 좀 큰 둥근 상에다 차려놓고 식구들은 그 상에 둘러앉아 밥을 먹었다. 누군가 상을 번쩍 들어 들여오면 그 위에 밥과 반찬, 수저 등이 놓여 있었다. 국은 따로 떠오기도 한 것 같고 때로는 밥도 상 옆에서 퍼서 올린 것 같기도 하다. 어쩜, 그렇게 밥 먹었던 기억이 이젠 정확하지가 않다니. 어떤 때는 저녁도 그렇게 다 같이 둘러앉아 먹었는데 아버지 퇴근이 이른 날이었다.

그런데 어느 날 아버지가 좀 뜬금없는 얘기를 하셨다. 이젠 김치도 사서 먹을 수 있게 되어야 한다고. 꿈에도 그런 생각을 한 적 없는 나는 이게 무슨 말인가 했다. 도대체 김치를 어디에서 어떻게 사 먹을 수 있단 말인가? 내 질문에 아버지는 김치공장 같은 걸 세워 파는 김치를 만들면 가능할 것이라 하셨다. 연구를 하고 시도를 하면 될 수 있다고 말이다. 들으면서 내 이마 앞으로는 과연 그런 게 가능할지, 지금 먹는 것 같은 김치 맛을 어떻게 공장에서 만들어낼 수 있을지 또 만든다 해도 누가 사 먹을지 등의 질문이 휘리릭 연이어 지나갔다. 한편 엄마는 그러면 참 좋겠다고 하셨다.

그 후 얼마간의 시간이 지났다. 아버지는 어떤 이가 시도하여 공장에서 만들어본 김치라며 약간의 김치를 가지고 오셨다. 시제품 같은 것이었다. 우리 식구는 모두 호기심으로 그 김치를 주목했다. 포장 상태가 어땠는지는 기억나지 않는데 맛은 확실히 기억난다. 맛이 너무 없었다. 어설픈 김치 맛이었다. 어찌어찌 판다 해도 아무도 안 사 먹을 것 같은 맛? 그날 이후로 김치공장 얘기는 조용히 가라앉았다. 그러나 식생활 개선에 대한 시도는 계속되었다. 그래서 우리의 아침이 밥에서 빵으로 바뀌었다. 이 역시 아버지의 제안에 의한 것이었다. 우리는 안방에서 둥근 밥상에 둘러앉아 우유와 토스트를 먹었다. 버터와 잼도 같이 놓였다. 식구

수대로 부친 계란 프라이도 있었다.

식생활 개선 시도가 연이었던 그 집은 지금도 내가 제일 좋아하는 집이다. 마당이 있었고 한편에 꽃잔디를 가득 심어 봄이면 작은 분홍꽃이 편만하게 가득 피어났다. 다른 한편은 그냥 잔디였고 그 옆에는 큰 앵두나무가 있었다. 앵두가 열리면 아버지가 앵두를 따고 나와 동생들이 플라스틱 바구니에 그 앵두를 받았다. 앵두나무 한 그루에 우리 삼남매가 먹고도 남을 정도로 많은 양의 앵두가 열렸다. 앵두나무 옆에는 장독대가 있었다. 나는 발돋움을 하여 간장독 위로 고개를 숙이고 간장 표면에 비친 하늘과 하늘에 흘러가는 구름을 보곤 했다. 아마도 가을이었던 것 같다. 까맣고 맑고 투명한 간장에 비친 하늘은 하늘조차 가볍고 투명하게 느껴졌다. 그리고 마루 앞에는 '도끼다시'라고 불리던 일종의 테라스(?) 같은 공간이 있었는데 제법 넓어서 고추를 널어 말리기도 하고 온갖 재료 펼쳐놓고 김치를 담기도 하고 어린 우리는 땅따먹기 같은 놀이도 했다.

그러던 어느 날 부엌 공사를 했다. 원래 그 집 부엌은 바닥이 마루보다 낮은 재래식 부엌이었는데 그 높이를 마루, 방 등에 맞춰 높이고 식탁을 들여왔다. 이후 식탁에 앉아 토스트를 먹었고 조리대가 바로 옆이라 손쉬워서였는지 베이컨, 샐러드 등 아침 식사에 곁들이는 음식들이 늘어났다. 엄마는 분말로 된 양송이 스프를 끓이기도 했다. 때로는 햄버거가 나오기도 했다. 엄마표 햄버거는 실하고 두툼한 패티에, 얇게 썬 양파, 토마토, 오이 피클, 그리고 몇 겹의 양상추에 체다치즈 한 장, 계란 프라이 한 개가 들어갔다. 먹으면서도 든든하고 좋았지만 아침 바쁜 시간에 햄버거 패티를 익히는 일은 시간이 걸리는 번거로운 노동이었다. 나는 토스터에서 금방 튀어나온 식빵에 버터 바르고 잼도 바르고 우유도 벌컥 마시면서 먹는 토스트 아침도 좋고 뭔가 한 개만 먹어도 세상 영양소는 다 들어 있을 것만 같은 햄버거 아침도 좋았다. 피클과 머스터드는 햄버거의 맛과 향에서 없어서는 안 될 매력 요소고, 이 매력이 돋보이려면 토마토 케첩 역시 반드시 필요한 요소였다.

그런 식으로 한참이 지났다. 이번에는 엄마가 식생활 개선을 시도하셨다. 직장을 다니시면서 어느 정도의 협업 체제로 일상을 유지하던 부모님 두 분의 필요와 관심이 번갈아 나타났던 것 같다. 그 무렵 엄마는 직장에 안 가도 되는 때였는지 집에 계셨는데 마침 여름방학이었다. 어쩌면 방학이 되기를 기다렸던 것인지도 모르겠다. 엄마는 아침이 생각보다 번거로우니 점심은 일품으로 하되 먹는 방법도 간단한 방식으로 하겠노라 하셨다. 우리에게 선택권은 없었다. 그다음부터 우리의 점심은 그릇만 좋았다. 뜨겁게 끓여낸 두부 한 모에 간장 소스. 두부 한 모면 영양 면에서 괜찮을 것이고 그리고 과일과 간식 등을 먹으면 문제없을 것이라고 하셨다. 상을 차릴 때마다 5대 영양소의 균형에 신경을 쓰는 엄마라 그 부분이 마음에 걸렸나 보다. 두부가 하얀 도자기 접시에 우아하게 담겨 있었다. 우리 삼남매는 약간의 충격 속에 따뜻한 두부에 간장 소스를 뿌려 먹었다. 너무 슴슴하여 나는 간장 소스를 듬뿍 쳤다. 그렇게 먹었더니 나쁘지는 않았다. 그다음 날 점심에는 호박을 쪄서 반으로 가른 후 옆으로 긴 그릇에 담아주셨다. 그리고 어제 비슷한 소스도 같이 주셨다. 호박 안쪽을 파서 간장을 쳐서 먹으면 된다고 했다. 이건 어제보다 못했다. 일단 포만감 면에서 실격이었다. 하지만 엄마는 두 쪽 다 먹으면 괜찮지 않을까 하셨다. 나는 반 개 믹고 동생들은 먹는 둥 마는 둥 점심이 끝났다. 엄마의 이 시도는 사흘을 넘기지 못했다, 사흘째는 재료조차 희미하다. 찐 가지였던가? 아무튼 사흘

만에 초간단 일품 식단은 막을 내렸다. 숫제 감자나 고구마였다면 며칠 더 갔을 것 같다. 왜 삶은 감자나 고구마를 주시지 않았을까? 삶은 감자는 그냥 먹어도 맛있고, 소금 찍으면 침 고이며 맛있고, 버터 발라 먹으면 풍미 있게 맛있고, 으깨서 만든 매쉬드 포테이토도 아주 맛있는데. 탄수화물 수치가 낮은 쪽을 향한 점심 식단 개선은 다행히도 그렇게 마무리가 되었다. 아마 엄마 입에도 별로였던 게 아니었을까. 대신 아침에 다시 밥을 먹는 경우가 빈번해졌다. 그 전날 국만 미리 끓여두면 그냥 국과 밥에 김치와 밑반찬을 내어 먹는 게 훨씬 간단하겠다고 하셨다. 그리고 밤에 금방 끓여낸 국에 밥을 말아 먹는 새로운 즐거움이 생겼다. 모시조개 넣어 끓인 시금치 된장국이 정말 맛있었다. 새로운 즐거움 때문인지는 모르겠으나 그 무렵 나는 튼튼한 어린이로 바뀌고 있었다.

그 이후로는 아버지도, 어머니도 식단 개선을 다시 시도하지는 않으셨다. 온 가족이 함께 아침을 먹는 일도 점점 드물어졌다. 우리 삼남매는 중고등학생이 되었고 각자의 일정에 따라 가능한 시간에 아침을 먹게 되었다. 등교시간이 간당간당, 지각할까 싶은 날에는 아침이 무슨 대수랴 싶었는데 그런 날이면 엄마는 햄버거를 코앞에 대령하면서 얼른 다 먹고 가라고 하셨다. 다행히도 소화력이 왕성했던 나는 빠른 시간에 얼른얼른 씹어 미션을 수행하고 튀어 나갔다. 그러면서 아침 식사는 자연스레 다시 빵 쪽으로 바뀌었다. 식탁에는 식구 수대로 각자의 취향에 맞춰 구워놓은 베이컨(난 바짝 익힌 걸 좋아했다), 식구 수대로 프라이해 낸 달걀(나는 써니사이드업 스타일을 선호한다), 그리고 커다란 그릇에 담긴 샐러드와 개인 접시 등이 놓이고 큰 접시에는 굽지 않은 식빵이 식구 분량만큼 쌓여 있곤 했다. 그러면 각자 자기 시간에 나와 식빵만 구워 나머지 것들과 함께 먹었다. 이 역시 밥에 국보다 간단하지 않았는데 각자 먹는 시간이 달라지자 찾아낸 궁여지책 같은 방식이었나 보다. 그래도 내가 먹을 때 갓 구워내니 맛은 있었다.

그때는 말도 안 된다고 생각하며 들었던 김치 공장 얘기가 지금은 현실이 되었다. 사 먹는 김치도 맛이 괜찮고 사 먹는 사람들도 많아 김치는 중요한 시장을 형성할 정도에 이르렀다. 이젠 집집마다 고유한 김치 맛을 구가하던 김치 문화가 사라질까 살짝 걱정될 지경이다. 우리 집 아침 식단도 몇 번의 시행착오를 거치면서 원래 시도했던 토스트 식

이렇게 저렇게 쌓이는 맛

단에 상황에 맞춰 최적화된 스타일을 찾아갔다. 맛도 영양도 효율성도 다 고려하면서 말이다. 1970년대의 식생활 개선은 시대정신이었는지도 모르겠다. 점진적일 수는 있으나 변화에 대한 기대는 변화를 이뤄낸다. 변화는 기대하는 것들의 실상이라고나 할까? 변화 시도로 인해 아침 밥상으로 몇백 년을 이어져 내려왔을 밥과 국 대신 서양식 아침 식사가 자리를 잡게 되었다. 그러나 무엇보다도 중요한 것은 어떤 식단 개선 시도를 해도 맛은 중요한 고려 대상이라는 점이다. 맛은 음식의 고갱이다. 변하는 와중에도 맛은 놓치지 말아야 한다. 지금은 식생활 개선 정도는 변화 축에도 못 들 정도로 세상은 무서운 속도로 변화하고 있다. 세상이 변화해도, 그 변화에 따라 나 역시 변화를 도모한다 해도 고갱이를 놓치면 다 놓치는 것이다. '나의 가장 나종 지니인 것은' 무엇이 돼야 할까? 쉽지 않지만 놓치지 말아야 할 일이다.

고기 맛을 알게 되다

나는 이제 고기를 좋아라 하며 곧잘 먹는다. 그런데 원래부터 그랬던 것은 아니다. 나는 원래 고기가 입에 잘 안 맞았다. 비위가 약한 탓도 있고 고기 굽는 냄새도 좋아하지 않았다. 육향이 맛있게 느껴지는 경우도 많을 것 같으니 그때 나는 고기 맛 자체의 매력을 몰랐다고 해야 할 것이다. 이유야 어찌 되었든 난 고기 먹는 일이 일종의 고역이었다. 내가 먹을 수 있는 고기는 기름기가 하나도 없는 소고기 약간이었다. 안심 같은 상태이거나 아니면 고기튀김 같은 경우에는 그래도 괜찮았는데 나머지 경우는 손이 잘 안 갔다. 그런데 식탁에 올라오는 고기반찬에서 기름이 거의 없는 상태의 고기는 드물었다. 나는 불고기에 붙어 있는 기름도, 식은 불고기에서 감지되는 기름기도 싫었다고 해야 맞을 것이다. 하지만 식구 중 기름기에 이리 예민한 사람은 나뿐이었다.

어렸을 때 나는 '비건'에 가까웠다. 물론 정치적인 선택이 아니라 뭔가 체질적으로 고기가 입맛에 잘 안 맞는, 그래서 안 먹은 게 아니라 못 먹었다고 해야 더 정확하겠다. 그렇게 가려먹긴 했지만 초등학교 고학년이 되면서 점점 건강해졌다. 1,2학년 때는 학교를 자주 빠져 간신히 진급할 지경이었는데 점점 결석 횟수가 줄어 5,6학년 때에는 개근을 하기도 했다. 병원에 가는 일 없이 씩씩했다. 그러던 어느 날 몸이 좀 안 좋아져서 오래간만에 병원에 갔는데 진단 결과가 뜻밖이었다. 단백질이 부족하니 단백질을 섭취해야 한다는 것이다. 나는 두부, 콩, 계란 등을 매우 좋아하고 잘 먹는다고 말씀드렸는데 의사 선생님은 당시 내 연령에서는 그것만으로는 부족할 수 있으니 전체 단백질 섭취량 중에서 삼분의 일은 반드시 육류에서 섭취하라는 처방을 내렸다. 쉽지 않은 일이었다. 의사 선생님이 일러준 하루 단백질 섭취량을 기준으로 삼분의 일을 나눠 그날의 음식에서 육류를 골라 보충을 했다. 그러면서 스님들은 도대체 어떻게 지탱하는 건가 싶었다. 어른이 되면 괜찮으려나? 스님 경우를 생각하면 납득이 잘 안 됐지만 나는 또 의사 선생님 말은 잘 들었다.

그러던 중 불고기에 대한 아주 즐거운 기억이 생겼다. 여름이었다. 방학이었는지는 정확하지 않으나 우리 삼남매와 엄마는 집에서 점심을 먹었다. 여름으로 기억하는 것은 점심을 길게 먹으면서 내내 에어컨을 켜고 있었기 때문이다. 일제 시대와 6·25 전쟁을 거쳐 살아오면서 알뜰검약이 몸에 밴 부모님은 늘 절약 정신을 강조하셨다. 방에서 나올 때면 반드시 불을 끄게 하셨고 보일러도, 에어컨도 딱 필요한 만큼만 트셨다. 그러던 엄마가 그날은 간만에 안방에서 에어컨 켜고 큰 상에다 불고기를 끓여 먹으면서 T V를 보자고 하셨다. 난 불고기에는 별 매력을 느끼지 못했지만 시원하게 에어컨을 틀어놓고 T V를 보면서 불고기를 끓여 먹는 건 괜찮은 일 같았다. 이미 식사는 부엌 식탁에서 해왔기에 안방에서 큰 상 펴고 점심을 먹는 건 특별한 이벤트 느낌이었다.

엄마가 그런 제안을 한 것은 그날이 한미대학야구선수권대회 경기 중계가 있는 날인 데다가 투수가 최동원이었기 때문이다. 무려 미국과의, 그것도 야구시합이라니. 당시 미국은 여러 면에서 너무 막강한 이미지였기에 나는 우리나라 대학 선수들을 마구 응원하는 마음이 되었다. 프로야구가 생기기 전인 당시는 고교야구가 아주 인기가 많았다. 우리 집은 고교야구 시합을 챙겨봤는데 부산 출신 투수 최동원은 팀의 승리에 없어서는 안 될 스타였다. 그는 경남고등학교 투수였다가 연세대학교에 진학하여 한미대학야구 선수권대회에 출전하게 된 것이다. 찾아보니 1978년의 일이다. 엄마는 축구 경기를 봐도, 농구 경기를 봐도 열렬한 응원과 더불어 거의 코치 위치에서 시청을 하셨다. 야구도 마찬가지였다. 너무 몰입한 나머지 선수들이 못하면 혈압이 오를 지경이 되었다. 이런 몰입은 마술을 볼 때도 마찬가지였다. 그때는 레슬링 경기와 마술쇼 중계도 유행이었다. 머리에 터번을 두른 마술사들의 레퍼토리에는 가녀린 여성 조수를 침대 같은 데 눕히고 톱으로 허리를 자르는 마술이 빠지지 않았다. 날카롭게 회전하는 톱이 공중에서 내려와 미녀의 허리를 자르는 장면이 나와도 나는 마음 한편에 어느 정도의 안심을 마련해 두면서 저건 마술이야, 하고 보는데 엄마는 마구 몰입을 하였고 혈압이 걱정될 지경이었다.

지나치신데 싶으면서도 함께 보는 재미는 있었다.

아무튼 그날은 그렇게 해서 열렬한 응원의 분위기 속에 빨려 들어갔다. 상 위에서는 불고기가 지글지글 익으면서 맛있는 국물도 부글부글 끓고 있었다. 야구 보랴 불고기도 먹으랴 특히 최동원의 투구를 지켜보랴 정신이 거의 없었다고 해야 할 것 같다. 그래도 밥은 입으로 정확하게 잘 들어갔다. 경기가 무르익으면서 기적적으로 우리가 미국과 동등한 시합을 했는데 승패를 결정하는 순간 최동원이 초집중 상태로 공을 던졌고 쉽지 않은 투구 끝에 결국 경기를 승리로 마무리했다. 마운드 위에 홀로 서서 판세를 읽으며 경기에 임하는 최동원은 외로운 싸움을 홀로 감당하는 황야의 늑대거나 결투에서 총을 뽑기 바로 직전의 비장한 서부 카우보이를 연상시켰다. 어쨌든 그날 우리는 무려 야구 경기에서, 심지어 미국을 이기는 기쁨을 누렸다. 경기는 뜨거웠고 TV를 보며 응원을 하는 우리도 열렬했는데 파와 더불어 뜨겁게 끓고 있는 불고기 국물조차 달큰하게 맛있었다. 그날의 불고기 맛에는 승리의 감격의 맛과 에어컨의 쿨한 맛이 같이 버무려져 있었다.

그러나 그날 불고기가 맛있게 느껴졌다고 해서 이후로

도 계속 고기를 즐겼던 것은 아니다. 식구들과 식당에 가면 다들 스테이크를 주문할 때 나는 혼자 새우나 비프커틀릿 같은 것을 주문하곤 했다. 대개는 오이지, 오이지무침, 멸치 볶음, 계란말이나 감자볶음 등을 좋아했던 것 같다. 싱싱한 적상추 위에 쪽파 얹고 그 위에 강정처럼 윤이 나게 조린 고등어를 올려 먹는 것도 좋아했다. 상추쌈도 좋지만 고추도 좋다. 언젠가 내 뜻대로 우겨서 도시락에 맨밥과 풋고추, 고추장만 싸간 적이 있다. 책상에 그렇게 펼쳐놓고 먹는데 담임 선생님이 의아해하는 표정을 지었다. 친구들도 이게 전부냐고 물었는데, 난 너무 맛있었다. 그 후에도 몇 번 더 그렇게 싸갔다.

그렇게 내 입맛대로 잘 먹고 지냈는데 약간의 도전이 들어왔다. 대학원에 들어간 후의 일이었다. 크고 작은 학회나 학위논문 발표 등의 모임이 끝난 후에 삼겹살을 먹는 일이 많았다. 나이 들어서도 편식을 한다는 사실이 티가 나는 게 창피했던 나는 고기를 잘 안 먹는 식성이 표나지 않게 하는 방법이 없을까 생각해봤다. 살펴보니 사람들이 삼겹살 굽는 것을 그리 좋아하지 않는 것 같았다. 나는 얼른 내가 굽겠노라고 자원했고 다른 이들의 먹는 속도에 맞춰 고기를 구워 대령하기 바빴다. 너도 먹으면서 하라고들 하면 나는 바짝 구워진 고기를 좋아한다면서 한두 점을 계속 이리저리 뒤집어가며 시간을 벌었다. 그렇게 하면 내 편식은 어느 정도 가려졌다. 그리고 그렇게 굽고 남은 한두 점은 거의 과자 수준으로 파삭했다. 마치 바짝 잘 구워진 베이컨 같았다. 이런 상태의 삼겹살은 입맛에 맞았다. 나는 타기 일보 직전의 삼겹살을 먹으면서 삼겹살구이에 다가갔다. 이제는 과장 좀 보태서 없어서 못 먹는 삼겹살이다. 고소한 삼겹살에, 구운 김치에, 구운 마늘과 양파, 파절임 등등을 상추에 팍 싸 먹으면 음, 씹으면서 빠져든다.

그렇게도 고기를 안 먹던 내가 이렇게나 삼겹살을 좋아하게 된 계기는 아팠기 때문이다. 튼튼한 어린이에서 튼튼한 어른으로 살아가던 나는 감기 몇 번을 제외하고는 병원에 갈 일이 거의 없었다. 그래서 내 뇌는 혜란아, 너는 지금 아픈 거야라는 정보를 주는 일을 잊었나 보다. 힘들여 박사논문을 써낸 뒤 입술이 부르트거나 어깨부터 아래로 곧장 긴 침이 꽂히는 듯한 통증이 느껴졌는데도 내 뇌는 혜란아, 네가 좀 해이해졌나 보구나라는 문장을 전했다. 그건 그릇된 정보이고 오류였는데 미련하게도 나는 그게 '아프다'

라고 번역해야 하는 상태인 걸 깜빡 모르고 있었던 것이다.
결국 병원에 갔는데 의사 선생님은 내 의사도 묻지 않고 원
무과에 전화를 하더니 입원 수속을 하라고 한 후 내게는
집에 가서 간단한 준비만 한 후 곧장 와서 입원하라고 했
다. 원래 친절한 의사는 아니었지만 그때 그의 표정은 엄중
하고 조금 무서웠다. 나는 실감나지 않는 상태에서 어물어
물 입원을 하게 되었고 그러면서 내가 무척이나 안 좋은 상
태라는 걸 알게 되었다. 그냥 먹고 소화시키고 안정을 취하
면서 살을 찌우고 수치를 내리는 게 내가 할 일이었다. 나를
위기에 빠뜨린 건 소모성 질환이었다. 일주일이 넘어가자
병원 음식이 지겨워 더 이상 먹기가 힘들었다. 이걸 먹어서
어찌 몸무게를 늘린담? 생각하다가 퇴원이 하고 싶어졌다.
의사 선생님은 절대 불가라고 했지만 나는 며칠 내내 계속
퇴원하고 싶다고 했다. 의사 선생님은 지금 내 상태가 남들
입원할 상태라면서 그렇게 퇴원하고 싶으면 두 가지를 약
속할 수 있겠느냐고 물었다. 하나는 한 달 동안 침대 밖으
로 나가지 않고 입원 상태처럼 지낼 것이고 다른 하나는 매
일 살코기 한 덩어리를 먹을 것이었다. 둘 다 어려운 임무였
지만 더는 병원에 있기 싫어서 거의 맹세에 가까운 굳은 약

속을 했고 마침내 집에 올 수 있었다. 내 방 침대에서 지내면서 매일 저녁 스테이크 한 덩어리와 신선한 채소를 먹었다. 처음에는 먹는 게 고역이었는데 그렇게나 굳센 약속을 했으니 안 지킬 수 없었다. 약이라고 생각하며 먹었다. 한일주일 정도는 매우 힘들여 먹었는데 그 후 슬슬 먹을 만하다는 생각이 들기 시작했다. 나중에는 편히 먹게 되고 약속한 한 달이 지날 무렵 그만 고기 맛을 알게 되었다. 그 이후로 나는 삼겹살도 좋아하게 되었다. 세상에, 이 고소한 맛을 모를 뻔했구나 싶다. 드디어 나는 육식이라는 범주의 맛도 즐길 수 있게 되었다.

이제는 가끔 머릿속에 삼겹살이 말풍선처럼 떠오르고, 때로는 치맛살 구이도 생각난다. 힘이 들고 지칠 때면 고기를 먹어야 하나 생각하기도 한다. 논문 쓰기에 돌입해야 하는 단계가 되면 으레 냉장고 채우기를 하는데 언제부터인가 그 장보기에 소고기가 포함되곤 한다. 그런데 한편 최근에는 모임에서 식당을 정할 때 채식을 하는 사람이 있는지를 묻는 경우가 많아지고 채식을 하는 사람들을 위한 메뉴도 점점 늘어나고 있다. 지구 환경 보호 차원에서도 채식이 중요해졌고 동물권 측면에서도 그러하다. 그런데 느지막이 고기 맛을 알아버린 나는 시대적 요청을 거슬러 육식까지 섭렵하게 되었다. 요샌 맛 때문만이 아니라 체력 유지를 위해서 몸이 필요로 하는 느낌이 들 때도 있다. 고기를 먹되 넘치지는 말아야겠다. 나의 먹는 일은 남의 생명과 연결되어 있다.

맛의 독립

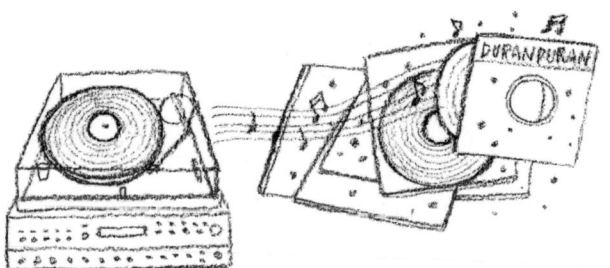

문방구를 들락거린 이유

내 첫 구매 행위는 할머니나 어머니 심부름으로 가게에 가서 필요한 물건을 사오는 것으로 시작했을 것이다. 내가 어렸을 때는 동네마다 구멍가게라는 것이 있었다. 지금의 편의점 같은 기능인데 편의점이 번듯하고 정 없다면 구멍가게는 볼품없지만 말을 붙일 수 있을 것 같은 가게였다. 내가 주로 심부름한 품목은 콩나물이나 두부, 계란 같은 간단한 것들이었다. 구멍가게에 가면 검은 천을 뒤집어쓰고 있는 콩나물과 노란 플라스틱 용기에 넓적하게 담겨 있는 두부와 방음용으로 쓰이기도 하는 계란판에 계란이 놓여 있었다. 냉장 시설도 없이 모두 상온에 진열되어 있었지만 상한 것을 먹었던 기억은 없다.

심부름이 아닌 나의 소비 생활은 주로 문방구에서 이루어졌다. 문방구는 문방용품만 파는 곳이 아니었다. 나의 최애템은 복숭아 하드. 얼음 빙과류에 속하는 딱딱한 질감의 아이스케키와는 차별화되는 부드러운 질감과 맛. 뒤끝에 약간의 가루 느낌이 남는 연코코아색의 하드였다. 명칭은 복숭아 하드인데 모양은 스페이드에 가까웠다. 입에 들어가면 금방 스르륵 사라져 감질났는데 한 개에 십원 가량 했던 것 같다. 나는 엄마에게도 그 맛을 전파했고 엄마도 그 맛에 동의한 듯하다. 한번은 엄마에게 허락받아 하드 열 개를 한꺼번에 샀다. 그 봉지를 들었을 때 정말 뿌듯했다. 혼자서 복숭아 하드를 하나씩 하나씩 꺼내 먹으면서 감질나는 행복한 시간을 늘여갔다. 그 기억은 지금도 잊혀지지 않은 채 남아 있다. 혀와 입술과 촉감만이 증폭된 채.

얼마 후 해태제과에서 하드 위쪽에 초콜릿 코팅을 한 제품을 내놓았고 그게 고급으로 여겨지면서 소비자들은 그 하드로 옮겨갔다. 엄마와 내 친구 엄마들도 그 하드를 선택했다. 그 하드는 복숭아 하드를 압도했지만 난 지금 그 하드는 이름도 기억나지 않는다. 그걸 먹을 때마다 위에 모자처럼 덧씌워진 유사 초콜릿을 앞니로 살짝 깨물어 다 벗겨내고 먹었던 기억은 생생한데 말이다. 이름 잊혀진 그 하드와 같이 나왔던 빙과류 제품은 이름을 기억한다. 아폴로─. 나는 아폴로도 그렇게 좋아하지는 않았다. 지금은 누가바, 비비빅 등이 빙과류의 원조 대접을 받고 있지만 실은 진짜 원조들은 사라져 다시는 못 보게 되었다. 태극당의 모나카 아이스크림이 오랜 세월을 견디고 지금도 여전한 것이 고마울 뿐이다. 복숭아 하드─. 제과회사에서 나온 제품들도 잊혀지는데 지금 복숭아 하드를 기억하는 사람이 몇이나 될까? 복숭아 하드는 심부름 구매가 아닌, 내가 원해서 사서 먹은 첫 번째 품목이다.

　문방구를 들락거렸던 이유가 문방용품보다 복숭아 하드, 땅콩 캐러멜 같은 간식 때문이었던 것처럼 내가 잠시 피아노학원을 다녔던 것도 피아노 때문이라기보다는 그곳에서 파는 떡볶이 때문이었다. 피아노 선생님은 피아노 교습 짬짬이 떡볶이를 만들어 팔았다. 다른 재료는 거의 없이 고추장 맛이 많이 나는 떡볶이었다. 자작한 붉은 국물 속에 흰 떡만 미끈했지만 맛은 괜찮았다. 그러나 그 떡볶이도 건반을 잘못 누를 때마다 30센티 나무 자로 손등을 때리는 교육 방법을 감당할 만큼의 힘은 없었다. 나는 피아노학원을 그만두었다. 피아노 교습 시작은 내 의지로 한 것 같지는 않지만 그만두는 일은 내 의지로 했다.

어렸을 적 문방구는 내게 백화점 같은 공간이었다. 거기에 가면 내가 필요한 것은 거의 다 있었다. 학용품, 학습서, 미술도구, 장남감, 장신구 그리고 소위 불량식품까지……. 여러 아저씨들이 오토바이에 각종 물건을 실어 날랐고, 문방구 주인은 그 물건들을 들여놓았다. 그러고 나면 동네 아이들이 문방구를 들락거리며 상품으로 진열된 그 물건들을 구매했다. 어린이가 혼자 물건을 구매하는 것이 당연한 것으로 허락된 유일한 공간 문방구. 나는 그곳에서 유통의 느낌을 익혔고 내 취향의 물건을 선택하고 살 수 있었다. 당시에는 문방구에서 파는 간식용 과자를 불량식품이라고 부르면서 문제시하는 시선도 있었는데 아이러니하게도 그 불량식품들은 옛날 과자 혹은 추억의 과자라는 카테고리로 분류되어 지금도 팔리고 있다. 불량한 것의 힘은 끈질긴 것인가? 하지만 그 불량식품들은 실은 불량하지 않아서 지금도 살아남은 것이 아닐까? 얼마의 시간이 흘러 학교 뒤 문방구에 소프트 아이스크림이라는 것이 등장했다. 그 아이스크림에는 말린 건포도도 몇 개 들어 있었다. 새 맛이었다. 이렇게 학교 앞뒤에서 간식 사 먹기를 좋아하던 나는 초등학교 6학년 때 군것질하는 아이로 지목되어 칠판에 이름이 적힌 일이 있다. 나를 일으켜 세운 아이는 마치 뭔가 엄청난 비리라도 밝힌다는 듯 당당한 태도로 내가 군것질하는 것을 봤노라고 고발했고 그 아이의 주장은 받아들여졌다. 떠드는 아이는 칠판 왼쪽에, 군것질하는 아이는 오른쪽에 이름을 적도록 했는데 군것질하는 아이 쪽에는 나 혼자였다. 그날 칠판에 적힌 내 이름은 종일토록 지워지지 않았는데 이상하게도 별로 부끄럽지 않았다. 군것질하는 게 왜 고발당해야 하는 일인지 동의하기 어려웠다. 밥도 다 먹고 먹은 것인데 말이다. 어쩌면 소비를 문제 삼은 것일까? 아니면 위생? 모르겠다. 어쨌든 나는 문방구를 들락거리며 나만의 세계를 구축해가고 있었다.

도넛 경품과 매점의 발견

중학교 시절을 생각하면? 그때가 제일 즐거웠던 것 같다. 중학교 동창 몇 명은 지금도 만난다. 성향도, 사는 것도 참 다르지만 진심으로 각자를 응원하고 지지한다. 중학교 1학년 때 같은 반 친구들이다. 우리 학교는 산꼭대기에 있었고 지표에서 학교까지 가는 길은 약식 등산 코스 같았다. 가는 중간에는 집을 지을 수 있게 닦아놓은 넓은 터가 있고 꽤 큰 집만 하나 있었다. 학교와 관계 되는 이의 집이었다. 입학할 때 전설처럼 들은 얘기로는 눈이 많이 온 날은 학교에서 노란 깃발을 올렸는지 먼저 살펴보고 등교해야 한다는 것이다. 올라가는 길이 미끄러워 위험해서 그런

깃발이 보이면 학교를 오지 말라는 뜻이고 실제로 선배들은 그렇게 학교를 가지 않기도 했다는 얘기였다. 물론 공지 사항으로 전달된 내용은 아니었지만 나는 삼 년 내내 은근 기대했는데 그냥 전설이었는지 그만큼 눈이 안 와서였는지 그런 일은 한 번도 일어나지 않았다.

중학교는 초등학교와 아주 달랐다. 하지만 맨날 수업하고 시험 보고 친구 사귀고 하는 일들을 익혀가면서 총체적으로 즐거웠다. 일주일인 중간고사와 기말고사 기간 중간인 수요일은 스터디 데이라는 명칭으로 하루 집에서 다음 시험들을 준비할 수 있는 날로 주어졌다. 한숨 쉬어 갈 수 있는 참 좋은 제도였는데 왜 광폭 시행이 안 되는지 모르겠다. 내가 다니던 중학교는 행사가 많았다. 매 학기 합창대회, 환경미화대회, 체육대회, 글짓기대회 등이 있었고 그런 대회 날들은 일종의 축제 같았다. 한 학기에 여러 번의 대회가 있고 어떤 대회는 그걸 준비하는 데 최소 일주일 이상 필요했는데 나는 그런 것들이 귀찮지 않았다. 그 와중에 하굣길은 놀이 시간이었다. 일반버스를 타고 집에 가는 경우 산꼭대기에서 내려와 유진상가까지 한참을 걸어야 했다. 하지만 친구들과 노닥거리며 걷느라 힘든 걸 몰랐다. 어

쩌면 한참 에너지 충만한 시절이라 실제로 힘들지 않았는
지 모르겠다. 비탈이 아닌 평탄한 길을 걸어 버스정류장까
지 가는 동안 우리는 맨 앞에 선 친구가 하는 대로 그대로
따라 하기로 하고 그 길을 걸어갔다. 맨 앞 친구가 똑바로
걸으면 다들 똑바로 걷고 그 친구가 구불구불 곡선을 그리
며 걸으면 우리 모두 그대로 구불구불 걷고 한 팔을 올리면
다들 한 팔을 올리고 신발가방을 돌리면 다들 따라 돌리고
하는 식이었다. 우리는 우리끼리 그저 깨가 쏟아졌다. 버스
타고 가는 사람들이 우리를 봤다면 한심해했을까? 중닭 같
은 시절, 재미있게 하고 싶은 대로 제법 다 해본 것 같다.

　　중학교가 초등학교 때와 완전히 다른 것은 낯선 교과목
과 과목마다 바뀌는 선생님이었다. 6학년 때 분명 외워가
며 하는 공부 맛을 알았는데 중학교에 올라가니 그 이전과
는 다른 어떤 공부세계가 있는 건가 했던 것 같다. 중학생
이 되면서 나는 백지 상태로 학교생활에 임했다. 외우기를
멈추고 학교 수업 듣고 어찌어찌 좀 하다가 시험을 봤다. 전
반적으로 만족할 만한 점수가 나오지 않은 것은 당연했다.
일학년 때 지리 선생님은 대학을 갓 졸업한 젊은 여선생님
이었다. 첫 시험 후 선생님은 우리들에게 지리도 외워야 한

다며 다음 시험에 다 맞으면 도넛을 사주겠다고 했다. 응? 도넛? 덕분에 나는 다시 외우기를 시작했고 다음 시험이 끝나고 선생님을 따라 도넛을 먹으며 매점과 친해졌다. 매점은 거의 옥상 가까운 곳에 있었는데 나는 그곳에서 도넛을 먹으며 그만 학교 매점의 맛도 알게 되었다. 수업과 수업 사이 조금 여유 있다 싶으면 총알같이 달려가 딸기바, 조니 크래커를 사 먹고 또 잡채 든 군만두도 사 먹었다. 학교 매점은 친절한 공간은 아니었다. 집 앞 문방구는 학습서를 살 때나 간식을 사 먹을 때 경쟁을 뚫고 뭔가를 해야 하는 공간은 아니었다. 문방구 주인은 어린이 손님들을 친절하게 대해주었고 손님이 몰려 아우성을 치면서 물건을 사야 했던 적은 한 번도 없었다. 그런데 중학교 매점은 전혀 다른 공간이었다. 짧은 쉬는 시간에 학생들이 몰려 간식이라도 하나 사려면 자기가 원하는 품목을 외쳐 부르며 팔을 뻗어야 가까스로 손에 넣을 수 있었다. 쉬는 시간에 비해 매점은 교실에서 좀 멀었고 이런저런 간식을 사려는 학생들로 붐볐다. 우리들은 서로 치열하게 다퉈 간식을 샀다. 매점을 애용하면서 나는 학원물에나 등장할 법한 전형적인 십대의 풍경 속 인물이 되어가고 있었다.

당주당 회식

어색하게 쭈뼛거리며 친구들을 따라 들어가 한 박자 늦게 행동하면서 나는 남들 눈에 내가 그 공간이 아주 처음인 것 같지 않게 보이기를 바랐다. 그곳은 당주당. 중1 때 처음 들어섰던 분식집이다. 당주당은 광화문 대성학원 부근에 있었다. 지금 대성학원은 강남에 있지만 원래 대성학원은 광화문 한복판에 자리 잡고 있다가 노량진 시대를 거쳐 강남으로 옮겨간 것이다. 내가 중학교 일학년 때 당주당은 재수생들의 참새 방앗간 같은 공간이자 중고등학생들의 분식집이자 십대들의 문화공간이었다.

친구 중 한 명이 이 집이 유명한 집이라고 하면서 안내했다. 언니, 오빠가 있는 친구들은 이런 분식집에 대해 좀 알고 있는 듯했다. 하지만 맏이인 나는 이런 데 대해 읊을 수 있는 준비된 풍월이 없었다. 부모님을 따라간 음식점들과는 다른 분위기를 낯설어하며, 하지만 이 공간이 우리에게 특화되어 있는 공간임을 직감하며 나도 얼른 이 공간에 익숙해지고 싶었다. 나는 친구들을 따라 광화문 대성학원 옆 당주당이라는 분식집을 아주 새로운, 특별한 장소로 여기며 드나들기 시작했다. 당주당은 내가 가족이 아닌 친구들과 함께 간 첫 번째 외식 공간이다.

나는 눈으로 공간을 탐색했다. 손님들은 다 우리보다는 나이가 위인 것 같아 보였고 식당에는 별 인테리어 없이 저렴해 보이는 테이블과 집기들이 놓여 있었다. 생소했다. 언니, 오빠가 있는 친구들이 먼저 주문했다. 이후 그 메뉴들은 거의 우리의 고정 메뉴가 되었는데 말하자면 냉면, 마탕, 튀김만두 등이었다. 당주당 냉면은 비빔냉면 같은 모양을 하고 있었고, 마탕은 작고 납작한 스테인리스 스틸 접시에 네댓 개 정도 나왔던 것 같고 튀김만두는 크기가 좀 작은 만두를 튀겨낸 것이었다. 이 중 대표 메뉴는 냉면이었는데 이 메뉴는 그 당시 맵부심의 증표 같은 것이었다. 탄성

강한 면발에 빨간 양념과 얇은 무, 그리고 삶은 계란 반 개 정도가 올라갔던 것 같은데 이 방면에 뛰어난 친구들은 '양념 더 주세요'를 후렴구처럼 붙여서 주문을 했다. 주로 고등학생과 재수생들 사이에서 중학교 1학년인 우리는 나름 회식을 즐겼다.

　광화문 당주당만이 아니라 동네 분식점도 비슷한 메뉴를 팔았다. 쫄면과 비슷한 비빔냉면은 중학교 내내 자주 사먹었던 음식인데 늘 '양념 더'를 외치던 친구는 한참 뒤 속병이 나고야 말았다. 동네 분식점에서는 뚜리바라고 불리는 소프트 아이스크림을 팔았다. 나중에 보니 뚜리바는 브라질 아이스크림이라고도 하던데 나는 뚜리바가 더 친숙하다. 내가 자주 가던 동네 분식점에서는 소프트 아이스크림을 뚜리바라고 불렀기 때문이다. 웨하스 재질의 먹을 수 있는 컵을 기계 아래에 대고 쇠로 된 바를 누르면 징~ 하는 소리와 더불어 미끈하고 부드러운 아이스크림이 내려왔다. 가게 주인은 웨하스 재질의 컵을 밑에서 돌돌 돌리면서 아이스크림을 받았다. 주인이 기분이 좋으면 좀 더 오래 돌렸고 그러면 아이스크림의 높이가 올라갔다. 조금만 높아져도 어느 한쪽으로 쏟아져 버릴 것만 같은 아주 맨들맨들한 식감의 아이스크림이었다. 냉면은 혀를 내두를 정도로 매웠지만 뚜리바 아이스크림의 시원함에 기대어 매운 냉면을 줄곧 시켜 먹었고 마탕과 튀김만두로도 얼얼함을 달랬다(희한하게도 나는 떡볶이와 라면, 김밥은 즐겨 먹지 않았다). 부모님을 따라다닐 때 음식은 순하고 속 편한 것이었는데 이때부터는 매력이 덜한 음식처럼 여겨졌고 중1 우리들에게는 당주당의 비빔냉면과 마탕이야말로 힙한 메뉴였다. 나는 그렇게 분식과 더불어 가족과는 독립된 나만의 맛의 영역을 만들어가게 되었다.

광화문에서 당주당만 갔던 것은 아니다. 당주당을 다니며 광화문을 알게 되고 어느덧 광화문통 아이가 되어갔다. 그 무렵 나는 라디오에 푹 빠져 살았다. 매일 팝송을 들으면서 살았고 공부도 심야방송과 함께였다. 그 결과 빌보드 차트 20위 정도까지는 일부러 외우지 않아도 저절로 알게 되었고 매주 광화문 태광레코드인가 하는 곳 앞에서 나눠주던 팝스팝스라는 팝송 소식지를 받으러 다녔다. 정동에 있는 방송국 라디오 프로그램에 신청곡과 사연을 적은 엽서를 보내 사은품으로 헤드폰을 연이어 받아 친구들과 나누기도 했다. 내가 보낸 엽서는 별로 예쁘지 않았지만 매해 겨울이면 방송사마다 하는 예쁜 엽서전에는 곧잘 갔다. 거기에는 당시 금손들이 그려 보낸, 예쁜 것을 넘어 어마무시한 작품 같은 엽서들이 한가득 전시되어 있었다. 그 무렵 광화문에는 크리 아트라는 생긴 지 얼마 안 되는 일종의 팬시 샵이 있었다. 거기서는 스누피를 디자인한 편지지들과 문구류를 팔았다. 나는 우드스탁과 함께 있는 스누피가 지금도 좋다. 헨젤과 그레텔에게 과자집이 있었다면 중1 내게는 크리 아트가 있었다. 내 용돈은 크리 아트에서 나온 스누피 편지지를 사는 데 거의 다 바쳐지곤 했다. 초등학교 때 나는 트레이싱지를 대고 끝도 없이 〈유리의 성〉의 주인공 마리사를 베꼈는데 중1이 된 나는 트레이싱지 없이 여전히 끝도 없이 스누피와 우드스탁을 그려댔다. 친구들과 당주당 회식을 하고 라디오의 팝송 프로그램을 켜놓고 스누피 코끝을 윤기 나게 표현하고 우드스탁의 머리카락(?)을 옮겨 그리며 나의 중1은 그렇게 즐거웠다. 나는 당주당 회식, 심야방송 그리고 스누피를 통해 가족들은 모르거나 관심 없을 나만의 세계를 만들어갔다.

나 홀로 해삼

중학교 생활은 거의 학교와 집으로 이뤄졌다. 집에서의 생활은 늘 하던 그대로였고 변화는 학교생활이었기에 친구들과 함께 어울리는 일이 새롭게 살아가는 일이었다. 학년이 올라가면 또 흩어 모여를 하며 친구들을 사귀었다. 하지만 모든 것을 늘 함께 할 수는 없었다. 대개는 뭔가를 같이 도모하는 가운데 나 혼자서만 했던 게 있다. 그것은 해삼을 먹으러 가는 일이었다. 중학교 때 내 친구들은 분식은 좋아했시만 해삼을 좋아하지는 않았던 것 같다. 당시 유행했던 말 중에 '자기 해삼, 멍게, 말미잘~' 어쩌구 하는 표현이 있었다. 코미디 프로그램 같은 데서 사귀는 사람에게 하는 표현이었는데 나는 해삼, 멍게, 말미잘의 조합이 왜 웃긴 것인지 잘 납득이 안 되었고 지금도 여전히 그렇다. 아마 연인을 멋있는 사물을 빗대지 않아서 재미있게 여겨졌던 건가 추측해볼 뿐이다. 아무튼 대중의 공감을 얻었으니 방송에서 유행어가 되었을 터이고 이렇게 사용된 걸 보면 당시에는 어쩌면 멍게만이 아니라 해삼도 친숙했던 게 아닌가 한다. 지금은 멍게는 여기저기에서 곧잘 파는 데 비해 해삼은 그렇지 않아 보인다.

어렸을 때 나는 어쩐 일인지 해삼을 참 좋아했다. 나는 해삼 모양이 통통한 젖은 짚신 같다고 생각했다. 지금은 홍해삼이 더 귀하다고들 하며 비교하기도 하지만 그때 나는 검은 빛깔 해삼밖에 몰랐다. 해삼을 썰어놓으면 미끄덩미끄덩하여 잘 안 잡히는 질감이었다. 쇠젓가락으로는 더욱 어려웠고 이쑤시개 혹은 나무 젓가락은 써줘야 했다. 초장에 싹 찍어 입에 넣으면 해삼의 겉은 매끄럽게 잘 씹히는 데 비해 가운데는 잘 잡히지 않는 돌기 같은 심지가 느껴지면서 꼬도독 하고 씹혔다. 그렇게 저항감 있게 씹히는 맛이 좋았다. 물론 약간 비릿한 바다 내음도 괜찮았다.

내가 다니던 초등학교 앞에는 희한하게도 해삼을 파는

리어카가 상주하던 때가 있었다. 학교 정문 앞에 리어카를 대놓고 위를 평평하게 만들어놓고 도마에 해삼을 썰어 파는 식이었다. 초등학생들이 무슨 해삼을 그리 사 먹을 것이라고 생각했는지는 미지수이지만 그 리어카에는 해삼과 초장이 같이 놓여 있었다. 가격은 생각나지 않는데 마리 당으로 먹었던 것 같다. 해삼이 썰려 나오면 이쑤시개를 꺼내들고 있다가 몇 알 안 되는 해삼을 콕콕 찍어 먹고 집에 오곤 했는데 그 장사는 그리 오래지 않아 사라졌다. 지금 생각해보면 위생 상태가 별로 안 좋았을 것 같지만 별일이 없었고 내 해삼 간식은 그렇게 막을 내렸다.

그런데 중학교 때 우연히 신세계백화점을 갔다가 거기에서 해삼을 파는 것을 알게 되었다. 당시 신세계백화점 건물은 지금의 본관 건물 하나였고 2층인가 3층인가 한구석에 푸드코트 같은 작은 공간이 있었다. 지금도 신세계백화점 본관에서 계단을 통해 위층으로 가려고 하면 하나의 계단에서 양 갈래로 계단이 펼쳐지고 그 계단을 따라 올라가면 다음 층 공산이 나타나는 식으로 되어 있다. 내가 다니던 중학교에서는 한 번에 신세계백화점으로 가는 노선버스가 있었다. 발견한 이상 가고 싶었다. 아니 정확히는 먹고 싶었다고 해야 할 것이다. 친구들에게 해삼 먹으러 가겠냐고 물었지만 응하는 친구가 없었다. 먹고 싶은 생각이 없다는데 별 도리가 없었다. 하지만 그렇다고 포기하기는 어려웠다. 그때까지 나 역시 혼자서 백화점에 가서 뭔가를 사 먹어본 경험은 없었지만 초등학교 이후 끊어진 나의 해삼 간식을 먹으려면 혼자서 가는 수밖에 없었다.

신세계백화점의 그 공간은 그리 넓지는 않았지만 몇 가지 먹을 것을 팔고 있었고 여러 면에서 위생 상태도 아주 양호했다. 그중 해삼을 파는 곳이 있었던 것이다. 처음에는 파는 이가 내게 혼자 왔냐고 물었던 것도 같다. 중2나 중3쯤 되었을 때다. 내가 별 망설임도 쭈뼛거림도 없이, 그러나 조심스레 주문을 하자 작은 나무 도마 위에 해삼을 썰어 내 주었다. 두 마리 정도는 주문을 했던 것 같다. 깔끔한 환경에서 정갈한 도마에 나오는 신선한 해삼을 초장에 찍어 먹는 일은 내게는 특별한 일정처럼 느껴졌다. 한 토막 한 토막 정확하게 씹어가며 매 토막마다 가운데 든 오돌오돌한 식감을 즐겼다. 해삼에서 싱글한 바다가 느껴졌다. 신세계백화점은 꾸준히 공간 배치를 달리하면서 변신을 꾀하였고 그 비밀의 공간 같던 장소도 사라졌다. 그곳에 비하면 지금의 백화점 푸드코트들은 광활하다. 뭔가를 먹겠다며 그곳을 찾는 사람들도 물결을 이룬다. 그러나 내 중학교 때의 그 공간은……. 거기에 들어서면 나는 주머니 속에 들어앉은 것과 같은 안온하고 편안한 느낌을 받았다. 해삼 몇 조각을 먹고자 학교 끝난 뒤 가깝지 않은 길을 기꺼이 버스를 타고 홀로 그 공간을 찾아갔고, 오가는 시간에 비하면 먹는 건 허무하리만큼 간단했지만 허무하지 않았다. 만족스러웠다. 이 충족감은 아무도 모른다. 함께 해도 즐겁지만 따로 홀로 해도 좋은 일이 있다는 것을 나 홀로 해삼을 먹으러 가며 체득할 수 있었다.

195
맛의 독립

환경미화와 빵집 그린하우스

　중고등학교 시절 학교에서 가장 열심히 한 것이 무엇이
냐고 묻는다면 나는 교실 꾸미기, 이른바 환경미화라고 답
할 것이다. 환경미화에 그렇게 진심이 된 데는 중학교 1학
년 때의 담임 선생님 영향이 있다. 전행선 선생님. 나는 이
름과 얼굴을 잘 못 외우는 경향이 있다. 어쩌다 내 눈에서
잘 안 잊히는 사람 얼굴은 오늘 아침 버스에 올라타던 어떤
남자의 얼굴, 뭐 이런 식이다. 범인 잡을 때 인상착의를 대
답해야 하는 경우에나 소용이 닿을까? 나와 전혀 상관없는
사람들의 얼굴이 각인되는 건 뭐람, 싶다. 하지만 중1 때 담
임 선생님과 관련해서는 여러 장면이 기억난다. 그중 또렷

한 한 장면은 환경미화 준비할 때의 일이다. 나는 환경미화를 그리 열렬히 할 수 있다는 사실을 그때 처음 알았다. 선생님은 학급 임원들이 그 일을 해야 하는 것이라고 하면서 남아서 교실 네 벽면을 멋지게 채워 상을 받자고 하셨다. 그리고 작업을 개시했다. 환경미화는 청소가 아니라 디자인에 가까운 일이었다. 뭔가 도안을 생각하고 그중 하나를 골라 교실 네 벽면에 그대로 구현해 낼 방법을 마련하고 그걸 구체적으로 실현해 내기 위해서는 어떤 재료들을 어떻게 사용해야 하는지 등등의 과정을 배우게 되었다. 우리는 선생님을 따라 일요일에도 학교에 나가서 환경미화 작업을 계속했다. 필요한 재료는 이화여대 정문 앞 화방에서 구입했는데 선생님은 우리를 데리고 화방들을 돌았다. 바닥에서부터 맨 위까지 칸칸이 나뉜 장에 빼곡하게 채워져 있는 선명하고 다양한 색감의 종이들은 그 자체로 그라데이션의 별세계였다. 색상이 좀 연한 편에 종이 재질도 도화지 비슷한 건 화방지라 했고 색상이 정말 선명하고 다양하고 조금 더 빳빳한 질감의 종이들은 색상지라고 했나. 내력직인 종이들이었다. 심사 바로 전 일요일날도 학교에 갔고 네 벽면을 다 마무리하다 보니 어느덧 저녁이 되었다. 그날 선생님은 우리에게 댁으로 오라 하셨다. 우리는 선생님 댁 마당도 구경하고 카레라이스도 먹었다. 노란빛 카레에 채소들이 들어 있는 카레라이스는 김치만 있으면 오케이다. 종일 일하고 배가 고파서인지 소화력 왕성한 나이여서인지 다들 맛있게 싹싹 그릇을 비우며 잘 먹었다. 그리고 우리 반은 환경미화 대회에서 일등을 했다. 이런 과정을 통해 환경미화는 내게 중요한 일이 되었다.

중2 때도 환경미화를 해야 했는데 그때는 담임 선생님도 별 관심이 없고 반 친구들도 나처럼 관심이 있지 않았다. 하지만 한번 해보며 맛들린 나는 1학년 때처럼 하고 싶었다. 친구들과 의논을 하고 작업을 하다가 어느 정도 시간이 되면 친구들은 집에 갔고 나는 기꺼이 혼자 남아 작업을 더 했다. 나는 재미있었으므로 문제가 될 게 없었다. 혼자서 지난해에 들러본 화방들을 찾아갔고 마음에 드는 디자인북을 하나 샀다. 그걸 뒤지면서 네 벽을 채울 시간표, 학급 목표 등등의 도안을 골랐다. 그리고 다시 이대 앞에 갔다. 화방지, 색상지, 스티로폼 등의 재료를 사기 위해서였는데 다 사고 돌아다니려니 피곤했다. 나는 1학년 때 담임 선생님의 설명을 떠올리며 그린하우스라는 빵집에 들어갔다(한때 이대 앞 터줏대감 같은 오래된 곳인데 이제 그 자리에는 올리브영이 들어와 있다). 피곤하고 목이 마르지 않았다면 교복 입은 중학생으로 그 거리의 이방인 느낌이었던 내가 거기 들어가는 일은 없었을지 모르겠다. 1970, 80년대의 이대 앞은 유행과 문화의 최첨단이자 최전선 같은 공간이었다. 그린하우스 안에는 사복 차림의 대학생 언니들이 많았고, 내 관심사는 갈증 해소와 잠깐의 휴식이었다. 둘러보니 아이스케키가 인기인 듯한데 초등학교 때 보던 것과는 전혀 다른 고급화된 아이스케키였다. 모양은 비슷하지만 맛은 확 달랐다. 식용색소에 얼음물 맛이 전부였던 초등학교 때 아이스케키는 더 이상 아이스케키가 아니었다. 약간 지치고 힘들었던 나는 그걸 사 먹으면서 새 힘을 얻으며 그린하우스와 인연을 맺었다.

그해도 일요일에 학교에 가서 환경미화 마무리 작업을 했다. 친구들은 먼저 가고 나는 남아서 마저 하고 가겠다고 했다. 상황에 적합한 디자인을 골라야 한다는 걸 유념하지 못한 나는 그만 가는 줄기를 표현해 내야 하는 도안을 골랐다. 그런데 스티로폼을 잘라서 입체감을 확보하고 그 위에 색상지를 붙이는 작업이 쉽지 않았다. 얼마나 정교해야 했던지 줄톱 같은 도구로 스티로폼을 가늘게 잘라내는 작업을 해야 했다. 시간표는 6일치를 만들어야 했으므로 줄기에 해당하는 스티로폼을 많이 만들어야 했다. 시간이 가는 줄도 모르고 열중했다. 줄톱 같은 걸 들고 스티로폼을 잡고 거의 쥐가 뭔가를 쏠 듯 그렇게 가는 가지들을 만들어내고 있는데 순찰을 하던 수위 아저씨가 우리 교실에 왔다가 깜짝 놀랐다. 일요일 저녁 늦은 시간에 빈 교실에서 흰 스티로폼들을 펼쳐놓고 가는 톱질을 하고 있는 내 모습은 여학생 괴담류의 한 장면이 되기 충분했다. 수위 아저씨의 권유에 따라 나는 주섬주섬 정리를 하고 집으로 향했다. 나는 내가 하고 싶은 걸 했다는 것도, 처음으로 대학생들 틈에 끼어 아이스케키라는 새로운 빙과류를 맛본 것도 다 만족스러웠다. 중1 담임 선생님은 국어 선생님이셨는데 나는 선생님을 통해 국어 교과만이 아니라 환경미화라는 새로운 취향과 대학생 문화를 맛보는 기회를 얻었다. 그리고 그건 그린하우스 아이스케키 맛보다 더 큰 무엇이었다.

스쿨버스와 번데기

미래 먹거리로 손꼽히는 것이 곤충이라고 한다. 영화 〈설국열차〉에도 등장했던 프로틴바의 재료 역시 곤충이다. 곤충은 현재에도 이미 식용 중이다. TV의 외국 여행 프로그램에서 야시장이 나올 때 온갖 곤충들을 즐비하게 늘어놓고 굽거나 튀겨 파는 장면을 본 기억이 있다. 막상 보면 먹을 수 있을까 하는 생각을 하다가 나도 이미 곤충을 먹은 적이 있다는 사실이 떠올랐다.

내가 유치원도 들어가기 전, 다시 녹번동 살던 때의 기억이다. 그때 나는 벌레를 먹었던 적이 있다. 메뚜기튀김. 한 그릇 소복이 담긴 메뚜기튀김. 악—. 초록색을 띠는 좀 두

꺼운 유리 볼에 누릇누릇 얼기설기 가득 들어 있던 메뚜기
모습은 보고 싶지 않은 그런 것이었다. 그런데 무슨 연유에
선지 그 무렵 집에서 메뚜기튀김을 본 적이 몇 번 있다. 아마
이웃 중 누군가가 나눠준 것 같다. 처음에는 보고 "악—" 했
으나 어른들의 권유에 따라 눈을 질끈 감고 한 번 먹어보니
바삭한 게 고소했다. 살살 씹으면 오히려 그 다리, 몸통의
촉감이 부위별로 느껴질까봐 일부러 더 콱콱 씹었다. 맛이
느껴졌다. 한 번 입에 가져다 넣기가 힘들었지 그 맛을 본
이후로는 튀긴 메뚜기를 먹는 게 그리 어렵지 않았다. 고소
하고 부담 없는, 맛있는 맛이었다. 새우깡이나 감자 칩 같은
스낵 먹듯 자꾸 손이 갔다. 부스러기만 남길 정도로 바삭바
삭 다 먹었다. 그런데 학교에 입학한 이후로는 메뚜기튀김
을 또 먹은 기억이 없다. 메뚜기튀김을 주던 이웃이 이사를
간 것일까? 어쩌면 농약 오염 때문에 더 이상 메뚜기튀김을
할 수가 없게 된 것이 아닐까 싶기도 한데 그러나 지금은 다
시 먹으라고 해도 좀 엄두가 나지 않을 것 같다. 시각적 불
편함이 맛을 이길 듯하다.

　하긴 그렇게 얘기할 수도 없겠다. 시각적 불편함을 이긴
맛이 하나 더 있다. 그것도 같은 곤충 계열로 말이다. 그런

데 이건 곤충이 되기 전 상태다. 바로 번데기. 어렸을 때는 번데기 역시 먹지 못했다. 생각을 하지 않고 그냥 맛이 당겨 먹었어야 하는데, 먹어본 적이 없고 애벌레가 성충이 되어 나비가 된다는 둥의 지식적 접근만 있을 뿐인 상태로는 그 애벌레를 입에 넣기가 힘들었다. 번데기는 나비가 되는 것일까, 나방이 되는 것일까? 잘 모르겠다. 이런 생각을 하니 다시 좀 힘들어지기는 한다. 생각은 이렇게 하지만 막상 눈앞에 번데기 반찬이 놓인다면? 내가 가끔 가는 복집에서는 오랫동안 번데기 반찬을 내주었다. 물론 복국 때문에 가는 것이기는 하지만 그 집의 몇몇 밑반찬 중에 나는 번데기 반찬을 제일 좋아라 하면서 먹었다. 어떤 경우에는 한 접시를 더 청해 먹기도 했다. 내가 즐거운 마음으로 먹는 번데기는 바로 그 식당의 번데기 반찬이었다. 이었다……. 지금 그 집에서는 번데기를 반찬으로 내지 않기 때문이다. 어느 날 상차림에서 번데기 반찬이 보이지 않아 다 떨어진 건지 물었다. 그런데 주인의 대답이 예상과는 달랐다. 자기네 집 번데기는 특별히 주문해서 아주 깨끗하고 영양상으로도 좋은 재료인데 요즘 손님들은 그 반찬이 혐오스럽다면서 싫어한다는 것이다. 이해가 되면서도 서운했다. 주인도 처음에는 좋은 식재료라고 설명하면서 그냥 냈지만 불편함을 건의하는 손님들이 많아지자 별 수 없이 반찬에서 뺄 수밖에 없었노라고 설명했다. 그런 사정이 있었구나. 아쉽지만 세상의 변화를 받아들이는 수밖에. 나 역시 어렸을 때 그 이웃이 아니었더라면, 그래서 어린 나이에 메뚜기튀김을 접하지 못했더라면 번데기 역시 보는 것만으로도 식욕 떨어진다고 했을 수 있다. 그 식당 번데기 반찬을 좋아했다고 하여 번데기 통조림을 사서 먹을 정도로까지 먹고 싶은 것은 아니다. 어쩌면 그 식당 번데기 반찬 맛만 수용 가능한 것인지도 모르겠다.

사실 번데기를 아주 좋아하는 것은 아니며 중학교 입학 전까지는 못 먹었다. 그런데 스쿨버스를 타고 등하교를 하면서 번데기를 '배우게' 되었다. 몇몇 친구들은 나와 함께 스쿨버스를 이용했다. 등교는 각자 자기 집 주변 정거장에서 시간에 맞춰 탔고, 하교는 산 정상의 학교 교실에서 한참을 내려와서 어느 정도 지표(?)에 가까운 지점에서 차례대로 줄을 서서 기다리다가 타야 했다. 그런데 요일에 따라 기다리는 시간이 달랐다. 거기에는 항상 우리 같은 학생들이 북적북적했다. 번데기 장수 아저씨는 이런 기회를 놓치지 않았다. 아저씨는 스쿨버스를 기다리는 부근 한쪽 편에 리어카를 세우고 거기에 번데기 삶는 솥을 걸고 둥근 원판에 넓고 좁은 칸을 여럿 그려놓고 우리의 사행심을 부추겼다. 그 원판에는 넓은 면의 칸이 여러 개 있었는데 종이 깔대기 하나 당 받을 만큼의 가격이 적혀 있고 칸이 좁아질수록 많은 양의 번데기를 주는 식이었다. 그런데 화살이 제일 좁은 면의 칸에 꽂히면 왕 큰 종이 깔대기에 담긴 번데기를 그냥 주는 것이었다. 아마 거기를 맞히는 경우는 거의 없을 거라 여긴 듯하다. 내 친구 중 한 명은 번데기도 잘 먹고 운동신경도 빼어났다. 달리기도 아주 잘하는 친구였다. 그 친구는 종종 뺑뺑이에 도전하여 번데기를 먹었다. 그날도 스쿨버스를 기다리는 무료한 시간에 그 친구가 또 뺑뺑이에 도전을 했고 운이 좋았는지 화살이 가장 좁은 칸에 가서 꽂혔다. 그렇게 큰 종이 깔대기는 본 적이 없고 거기에 담긴 번데기의 양 또한 감당하기 어려울 정도로 많았다. 그 때까지 나는 번데기 간식은 구경만 했는데 그 친구가 모두 같이 나눠 먹자고 했고 나 혼자만 안 먹겠다고 하면 왠지 의리가 없는 듯하여 그러겠노라고 대답했다. 그렇게 번데기 먹기에 동참했는데 막상 눈을 질끈 감고 먹어보니 메뚜기튀김 때와 비슷한 기분이었다. 물론 메뚜기튀김만큼 고소한 맛은 아니었지만 구수하게 맛있었다. 모양은 생각 안 하려고 노력했다. 그리고 번데기 삶은 국물이 짭짤하니 맛이 괜찮다는 것도 알게 되었다.

하지만 메뚜기튀김도, 그 번데기도 그다음에 일부러 찾아 먹지는 않았다. 하지만 친구에 대한 의리로 자의반 타의반으로 동참하게 된 번데기 먹기는 내가 어렸을 때 메뚜기튀김도 먹었던 사람임을 환기시켜 주었다. 그리고 지금도 어떤 종류의 번데기는 여전히 먹을 수 있을 것 같다는 여지를 주었다. 먹을 수도 있겠다는 가능성은 있지만 그러나 나는 단백질 공급원으로 곤충 프로틴바를 먹게 되는 일은 바라지 않는다. 그건 왠지 디스토피아적 상상력을 작동시키기 때문이다. 게다가 〈설국열차〉의 프로틴바처럼 바퀴벌레로 만든다면? 아, 그건 떠올리기조차 두렵다.

한 그릇 밥에 감사를

나의 커피 생활

내게 커피는 필요한 것이다. 커피는 맛으로도 마시고 기능으로도 마신다. 간혹 정말 맛있는 커피를 만나면 내 몸과 마음에 반짝 순간적으로 기쁨의 빛이 켜지고, 책 보다가 졸리려 할 때면 일어나 물 끓이고 잔 준비하고 하면서 잠이 깨기도 한다. 한 공기 밥, 한 장의 식빵처럼 한 잔의 커피도 중요한 먹거리가 되었다. 그리고 커피는 성인이 된 이후의 나를 기억하는 그 무엇 중 하나이기도 하다.

내가 기억하는 첫 커피는 아이리쉬 커피다. 초등학교 저학년 시절이었는데 그때 무슨 유행이었는지 연유는 잘 모르겠으나 엄마는 가끔 커피에 위스키를 한 스푼 넣어 드셨다. 내가 보기에 조금 색다르게 즐기는 방법인 것 같아 맛이 궁금했다. 보통의 경우 커피는 우리가 마실 것이 아니라 했는데 나의 궁금함이 전달됐는지 엄마는 내게 아이리쉬 커피 또한 맛을 보게 해주셨다. 그때 맛본 음료 중에는 밀크티에 위스키를 떨어뜨려 먹는 것도 있었다. 두 음료는 향이 좋았다. 하지만 고등학교 때까지는 커피는 나의 마실 거리가 아니었다. 고등학교 3학년 무렵 학교에 자판기가 설치되었지만 여전히 내게 커피는 어쩌다가 마시는 것이었다.

커피가 나의 음료가 된 것은 대학생이 된 다음이었다. 손쉽게 자판기 커피를 사서 마셨다. 일상의 음료였지만 특별하지는 않았다. 그런 와중에 조금 특별하게 기억되는 커피가 있다. 가정관 학생 휴게실에서 팔던 커피다. 가정관 학생 휴게실은 다방 같은 시스템이었다. 공강이 이어질 때 나는 천 소파에 기대 편안하게 쉴 수 있는 그곳에 가서 시간을 보내곤 했다. 휴게실에서는 짤짤 끓는 물에 맥스웰 가루 커피를 타서 팔았는데 뭉긋한 흰 빛의 도기 커피잔을 제 받침에 받쳐 냈다. 나는 커피잔 받침에 잔을 내려놓으면서 약간의 품격 같은 것을 즐긴 것 같다. 자판기 커피보다 훨씬 좋았는데 그 커피 맛에는 이런저런 분위기도 포함되어 있었을 테다.

1980년대에는 카페 대신 다방이라는 명칭을 더 많이 사용했다. 당시 학교 정문 앞에는 유명한 다방이 몇 개 있었다. 미뇽, 아메리카나, 하얀박 그리고 영지다방. 파리다방이라는 곳도 있었다. 그 다방들은 커피 맛으로 승부를 보려하지는 않았던 것 같다. 미뇽은 학교 정문 건너편 2층에 자리잡고 있었다. 한없이 낡고 편안했던 그곳의 분위기는 지금도 선명하게 기억나는데 커피 맛은 전혀 기억에 남은 게없다. 손님은 별로 없었고 늘 〈초우〉를 비롯하여 패티 김의노래가 줄줄이 나왔다. 겨울이면 가게 중앙에는 조개탄을땔 때는 난로가 놓여 있었다. 다 탄 조개탄을 꺼내고 까만 새조개탄을 넣을 때마다 아마 재 먼지가 날렸을 것이다. 요즘에도 그렇게 장사하면 유지가 될까? 주인 얼굴을 본 기억이없지만 그 분위기가 마음에 들었던 곳이다.

영지다방은 학교 앞에서 클래식을 감상할 수 있는 다방으로 나름 유명했는데 긴 생머리를 하고 있던 여성 디제이는 기억이 나는데 그 집 커피 맛은 생각나지 않는다. 클래식보다 팝송을 좋아했던 나와 친구들은 아메리카나에 더많이 갔다. 아메리카나에 들어가면 일단 캄캄했고 디제이

박스가 있었고 음악이 엄청나게 크게 틀어져 있어 고함을 치지 않으면 대화가 불가능할 지경이었다. 요즘 카페들은 안이 환하게 다 보이는 구조와 조도여서 손님들까지도 전시되는 느낌인데 1980년대 음악다방은 정반대 분위기였다. 그런데 기억에 남은 아메리카나의 마지막 광경은 전혀 다른 종류이다. 1980년 가을, 몇 달이나 지속되었던 휴교령이 풀린 뒤 학교에 갔을 때였다. 과제를 제출하면 출석 인정을 해주기로 한 당시의 변칙으로 인해 몇 달이나 학교에 못 갔어도 진급될 수 있었고 우리는 여러 과목의 과제를 제출해야 했다. 그 넓은 아메리카나는 테이블마다 과제를 하는 학생들로 북적였고, 모두 한 덩어리가 되어 워크북이 이 테이블에서 저 테이블로 돌아다녔다. 5월 봄을 보며 교문이 굳게 닫혔는데, 다시 돌아왔을 때는 대강당 계단에 아주 넓은 플라타너스 잎이 마른 낙엽이 되어 이리저리 굴러다니고 있었다. 급변한 세상에 적응 안 되는 상실의 감정 속에서 우리의 몇 개월이 영양가 없이 급조되고 있었다. 지금 같으면 등록금 투쟁이라도 할 판인데 그때는 그런 생각은 하지 못한 채 마른 플라타너스 이파리에 조용히 충격 받고 낯설어하며 다시 학교로 돌아왔다. 그 다방 역시 커피 맛은 기억나지 않는다.

커피 자체로 기억되는 공간은 심포니라는 곳이다. 그곳에서는 사이폰 커피를 팔았는데 유리창 너머로 학교 정문 앞 다리가 보이는 위치에 있었다. 테이블에서 램프에 불을 붙여 유리 플라스크에서 폭폭 끓어오르던 물이 원두 가루를 여과하면서 커피가 되어 나오는 과정을 보는 재미도 컸다. 그곳에서도 클래식 음악이 나왔는데 깔끔한 맛의 커피를 맛보면서 정문 다리에 걸리는 시선 높이의 유리창을 통해 바깥 풍경을 구경하는 재미가 쏠쏠했다.

아이러니하게도 내가 진정 커피 맛에 혹하게 된 것은 학교 정문 앞 작은 노점상에서였다. 실은 노점 규모라고 하기에도 소박한 크기의 카트였다. 학교에 가던 길에 카트 뒤에 서서 시음을 권하는 두 사람을 봤는데, 눈이 마주쳐 그냥 지나칠 수 없었다. 작은 컵에 담긴 커피를 받아 마셨다. 웬걸, 그때까지 마셨던 커피와는 다른 맛의 커피였다. 그날 이후로 나는 아침에 학교에 갈 때마다 그 커피를 사서 마셨다. 그리고 얼마 지난 후 그들은 정문 오른쪽 바로 앞에 작은 카페를 하나 냈다. ABC 카페. 길고 크고 반짝한 은색 메탈 에스프레소 커피 머신이 들어와 있었다. 나는 매일 그

카페에 들러 커피를 마셨다. 조금 비쌌지만 브루잉 커피와는 다른 진한 맛이 좋았다. 매일 가다 보니 단골이 되었고 그 가게 주인들의 이야기를 알게 되었다. ABC 카페는 두 자매가 하는 가게였는데 동생 남편이 재미교포고 그가 에스프레소 커피머신을 소개한 것이었다. 그 집 커피는 확실히 차별화되는 맛이었다. 나는 스터디 모임 명수만큼 그 커피를 사 가기도 했다. 맛있는 커피 맛을 주변에도 맛보이고 싶었다. 맛이 괜찮다는 이도 있고 쓰다는 이도 있었다. 반응은 들쭉날쭉 내 기대보다는 별로였고, 그 가게는 무슨 사정에서인지 얼마 후 문을 닫았다.

그때는 낯설던 에스프레소 커피 맛이 이제는 보편화되었다. 1999년 학교 앞에 스타벅스 1호가 문을 열었고 이후 여기저기 문을 열면서 스타벅스의 에스프레소 커피는 커피 맛의 대명사가 되었다. 지금도 가끔은 그 에스프레소 커피집이 조금 더 버틸 수 있었으면 좋았으련만 하는 생각을 하곤 한다. 이제 커피는 그냥 커피가 아니라 온갖 종류의 커피이고 온갖 종류의 취향이고 온갖 종류의 문화이다. 원두의 종류도 천차만별로 구입 가능하다. 그러나 내가 마시는 커피는 한정적이다. 그러다 보니 오히려 봉지 커피가 상수가 될 지경이다. 선택할 대상이 많아진 건 긍정적이지만 그 다양함을 다 경험할 수는 없다. 결국 내게 의미 있는 건 내가 선택한 것들이다.

머리 위로 날아다닌 우동 그릇들

어렸을 때 학교 다니면서 기다려지는 시간은 점심시간이 유일했다. 그런데 언젠가부터 더 이상 점심시간을 기다리지 않게 되었다. 중학교 2학년, 3학년 무렵부터는 2교시나 3교시 쉬는 시간에 도시락을 미리 꺼내 먹었기 때문이다. 생각해보면 점심시간을 기다렸던 것이 아니라 도시락 여는 순간을 기다렸던 것이 아닌가 한다. 맨날 비슷한 밑반찬들이 순번처럼 등장하는 것인데도 도시락 뚜껑을 열 때는 늘 기대와 호기심이 작동했다. 도시락은 무게가 나갔지만 그걸 무겁다고 느낀 적은 없다. 도시락 무게가 평소보다 더 무거웠다면 아마 그만큼 더 궁금해했거나 기대했을 것이다.

대학교에 왔는데, 시간표를 보니 점심시간이 있었다. 이건 1980년도의 일이다. 매일 12시에서 1시는 점심시간이었고 신입생인 나는 가정관 지하에 있는 학생식당을 애용했다. 그 학생식당은 정면은 계단을 한참 내려가야 하지만 측면은 지상에서 연결되는 구조라서 식당 내부는 환했다. 그리고 넓었다. 거기에서 나는 친구들과 수다도 떨고 과제도 하고 또 카페테리아 형식으로 운영되는 음식들을 사 먹기도 했다. 간혹 도시락을 싸간 날이면 도시락을 펼쳐놓고 친구들과 함께 먹기도 했다. 학생식당 음식 중 내가 제일 좋아했던 것은 우동이다. 객관적으로 따지자면 훌륭한 우동은 아니었다. 입학해서 처음 접했을 때는 어라, 이게 전부인가 했으나 먹다 보니 익숙해졌고 점점 중독되었다. 학생식당 규모의 주방에서 계속 끓여내는 우동 국물은 그 나름의 고유한 맛이 있고 고춧가루 약간과 쑥갓 한 줄기를 올려내는 정도지만 괜찮았다. 그런데 그 우동을 맛있게 먹은 건 우동 맛 때문만은 아닐 수도 있다. 나뿐만 아니라 친구들도 우동을 선택할 때면 같이 고르는 접시가 있다. 바로 감자, 우엉, 당근, 양파 등을 튀긴 야채튀김이었다. 간장 약간을 가져다가 찍어 먹는 식이었는데 나는 늘 우동에 이 튀김을 푹 적셔 먹었다. 그러면 약간의 기름기가 돌면서 튀김 우동 고명 같은 구실을 해주어 우동을 더 맛있게 먹을 수 있었다. 그리고 정확히 기억나지 않지만 학생식당의 우동은 편하게 사 먹을 수 있는 가격이었다. 우동을 좋아한 사람은 나뿐만이 아니었다. 학생식당에 가면 이 테이블, 저 테이블 할 것 없이 우동 그릇이 놓여 있었다.

그 시절 학교에서는 크고 작은 시위가 이어졌고 정문 근처를 지날 때면 최루탄 가스 냄새로 눈과 코가 아렸다. 시위 당일 쏴대던 최루탄 액은 바닥을 물로 씻어내도 캡사이신 같은 그 따가운 성분이 잘 가시지 않았다. 당시 대학 캠퍼스는 데모와 대자보, 수업이 병행되는 공간이었다. 어느 날인가 학관 건물에 갑자기 구호가 적힌 천이 드리워졌고 소위 백골단이라 불리던 자들이 '주동을 뜬' 학생을 잡겠다고 수업 중이던 교실까지 쳐들어오며 학관을 이리저리 뛰어다녔다. 우리 모두 짓밟히는 느낌이었다. 가정관 식당도 예외는 아니었다. 시위를 하던 학생들이 가정관 학생식당으로 내려갔고 전경들은 그 긴 계단을 향해 최루탄을 쐈고 동아리 친구 한 명은 그때 그 계단을 지나가다가 최루탄 파편에 맞아 대학 보건소에서 응급처치를 받았다. 전경들이 건물 안으로 최루탄을 쏜 셈이다. 계단 아래로 최루탄이 터지고 학생들이 달려들어오자 식당은 순식간에 술렁였다. 식당에 있던 학생들이 반사적으로 테이블 위의 그릇들을 던졌다. 우동 그릇들도 던져져 테이블 위로 솟구쳐 머리 위로 날아다녔다. 국물이 쏟아지고 국수 가락이 쏟아지며 구내식당은 아수라장이 되었다. 내가 본 광경은 엉망이 된 그 아수라장이었다. 그때 날아다닌 우동 그릇은 그렇게라도 학우들을 보호하고 싶었던 학생들의 궁여지책이었을 것이다. 먹을 걸 날렸다고 뭐라 하는 사람은 아무도 없었다. 그때 쫓겨서 학생식당으로 몰렸던 학우들이 잡혔는지는 기억이 나지 않는다. 출출할 때면 기꺼이 따끈한 한 끼가 되어주던 학생식당 우동은 내게 대학시절 점심시간의 즐거운 분위기와 더불어 머리 위를 날아다니던 비현실적 장면도 함께 환기시켜 주곤 한다. 그립고도 비감한 음식이다.

학교에서 소풍하기

대학교에 입학한 이래로 지금까지 계속 학교에 다니고 있다. 물론 학생이었다가 선생이 되었지만 같은 공간에서 오랜 시간을 보내다 보니 공간에도 깊이가 겹쳐진다. 혼자 생각으로는 마치 증강현실 어슷비슷한 느낌이다. 남들에게는 그냥 3차원 공간이지만 내게는 같은 장소라도 여러 층의 공간이 겹쳐져 있는 장소들도 있다. 그곳을 지나갈 때면 눈에 보이지는 않지만 가상적으로 한 개의 층위가 더 겹쳐 보이는 혼자만의 시야가 있는데 그때 그 공간에서 한 일들은 수업이나 연구와는 무관한, 소풍이었기에 더 은밀하다.

학교에서 한 소풍이 세 번뿐은 아니겠지만 그중 특별히

세 번의 소풍을 기억한다. 그 첫째는 학부 때 혼자서 하던 소풍이다. 주로 봄이나 가을, 날씨가 너무 좋아 소풍 가지 않고는 배기기 어려울 것 같은 때 하던 일이다. 그런 기분이 들 때면 도시락을 싸들고 팔복동산이란 곳에 올라갔다. 팔복동산은 기도하는 장소라고 들었는데 그때 그곳에서 기도하는 사람들을 보지는 못했다. 학교 후문 쪽에는 봉원사를 향해 나 있는 긴 길이 있었다. 그때는 그 길이 봉원사를 향하고 있는지도 몰랐다. 걷기에 충분한 정도의 흙길이 길게 나 있고 거짓말처럼 지나다니는 사람은 한 명도 없었다. 그 길을 따라 걷노라면 학교 머리 위에 난 가르마를 따라 걷는 느낌이었는데 한참을 걸어도 나 혼자뿐이었다. 소음도 없이 아주 고즈넉한 길이었다. 드물게 정체 모를 아저씨가 지나간 적은 있었다. 팔복동산을 조금 지나가면 무슨 첨성대같이 느껴지는 건물이 있었는데 그곳에서 일하는 분인가 했다. 대학교 일학년 때 나는 학교에는 학생과 선생 그리고 약간의 사무직 직원들만 있는 줄 알았다. 그때는 그 길이 학교 외부와 그냥 이어지는 길이어서 외부인이 지나가는가 했는데 지금 생각해보면 그는 학교를 관리하는 분이었을 게다. 법대 건물도, 중앙도서관도 한우리기숙사도 없던

시절, 후문 쪽의 학관을 출발해서 비탈을 따라 쭉 올라가
인적 드문 그 길에 이르면 나는 잠시 딴 공간에 들어선 듯
한 느낌을 받았다. 비밀의 가르마길. 학교 꼭대기에 나 있는
흙길을 따라 걷다가 옆으로 들어선 풀밭 나무 등걸에 앉아
혼자 도시락을 먹는 특별한 놀이를 즐겼다. 친구들에게 권
하기도 했는데, 해보겠다는 친구는 없었다. 이 몇 번의 점심
이 학교에서도 소풍이 가능하다고 생각하게 된 첫 번째 사
건이었다. 그 점심들은 내 마음속에 환한 느낌으로 자리 잡
고 있다.

두 번째는 석사과정 때 일인데 이 역시 햇살 좋은 초가
을쯤이었을 게다. 그때만 해도 본관 뒤 풀밭은 지나다니는
사람이 많지 않은 한적한 곳이었다. 그 소풍 역시 기분 좋
은 날씨, 그리고 간지러운 마음 때문에 한 일이었고 또 다른
이유 하나는 맛있는 거봉 포도 때문이었다. 늘 먹는 실내 공
간이 아니라 어딘가 색다른 공간에서 후식으로 포도를 먹
으면 딱 좋겠다는 생각이 들었다. 그래서 풀밭 위의 점심을
생각해냈고 응해준 친구도 있었다. 그 동의에 힘입어 본관
뒤 풀밭에 자리를 펴고 앉아 준비해 간 도시락과 거봉 포도
를 맛있게 먹었다. 지나가는 사람이 한두 명 정도는 있었는

데 서로 방해가 되지는 않았다. 지금 본관 뒤 풀밭은 매우 많은 사람들이 통로로 이용하는 분주한 길이 되어버렸다.

세 번째 소풍은 메뉴가 특별했다. 그때 나는 다양한 관계 망 속에서 관심이 비슷한 이들과 공부하는 일에 한창 재미를 느끼고 있었던 것 같다. 공부하고 강의하고 논문 쓰고 하는 일상은 대체로 단조롭지만 심정적으로는 거의 고3처럼 뭔가 공부에 부채감 같은 것을 느끼게 한다. 하지만 그 와중에도 끊임없이 가능한 자잘한 재미들을 추구했다. 재미가 없는 삶은 말 그대로 너무 재미가 없기 때문이다. 그래서 나는 여태껏 나만의 재미를 사부작사부작 추구하고 있다.

세 번째 소풍에는 세 명이 함께 했는데, 내가 아침 콩국수 피크닉에 초대한 셈이다. 엄마는 매해 여름이면 콩국수 국물을 손수 만들었는데 적당하게 톡톡하고 콩의 잡냄새는 전혀 없는 깔끔한 맛이 내 입맛에 딱 좋았다. 그런데 그때 마침 냉장고에 콩국물이 넉넉하게 있었다. 나는 그 맛을 친구들과 함께 맛보고 싶었고 이왕이면 여름 아침 학교 중강당 뜰에서 먹으면 특별히 재미있을 것 같았다. 모든 준비는 내가 다 할 터이니 아침 7시에 중강당 뜰로 오라고 했다. 내 열성의 기세 때문이었는지 다들 그렇게 하겠다고 했다.

유리로 된 면기, 넉넉한 콩국물, 삶은 국수, 넓적하게 저민 토마토, 채 썬 오이, 통깨, 소금 등을 준비했다. 그런 일을 할 때면 머리도 팽팽 잘 돌아가고 준비물들도 무겁지가 않았다. 우리는 아침 7시, 차분하고 깨끗한 여름 공기 속에서 유리그릇에 콩국수 소풍을 즐겼다. 이른 시간이라 지나가는 이들이 없었다. 다들 맛있다고 하니 더할 나위가 없었다. 그렇게 특별하고 만족스러운 재미와 맛을 챙기고 우리는 얼른 자리를 정리했다. 그 장소는 감쪽같이 그냥 본래 공간으로 환원되었지만 지금도 그곳을 지날 때면 그때의 콩국수 소풍 장면이 겹쳐 보이곤 한다.

세 번의 소풍 중 가장 특별한 소풍은 세 번째 소풍이다. 어머니가 순전히 감으로 하던 몇몇 음식들이 있는데 그중 하나가 콩국수였다. 계량화된 조리법 없이 눈대중으로, 감으로 했어도 엄마표 음식 중에 그 콩국수가 제일 맛있다. 국물이 진해서 유명해진 시청역 근처 식당의 콩국수보다도 엄마표 콩국수 국물 맛이 훨씬 뛰어나다고 생각한다. 너무 진하지도 무겁지도 않은 적당함을 유지하기 때문이다. 엄마는 흐르는 물에 몇 번이나 메주콩을 씻어내면서 거피를 했다. 곁에서 지켜봐도 메주콩은 몇 번이나 씻어내야 깨

끝이 거피가 되는 것인지 알기 어려웠다. 그렇게 씻어낸 후 콩을 삶기 시작하는데 어떻게 삶는가가 맛을 좌우하는 중요한 요소인 것 같았다. 여름이면 엄마 옆에서 조수 역할을 하며 콩국물 만드는 과정을 봐왔는데도 알기가 어려웠고 나는 엄마표 콩국수를 전수받고 싶어졌다. 그래서 한두 번 배워 보려고도 했는데 배울 수가 없었다. 다른 음식들은 계량대로 하면 됐는데 이건 엄마의 감으로 하는 것이다 보니 애시당초 말로 가르치고 배우기가 어려운 것이었다. 게다가 가르쳐달라고 청하자 그때부터 엄마는 이번에도 잘 될지 모르겠다며 자신 없는 말을 하셨다. 이렇게나 맛이 있는데 왜 자신이 없는 건지 이해가 안 될 지경이었다. 늘 그렇듯 콩은 큰 솥에 삶았다. 언제 불 끄면 돼요? 내 질문에 엄마는 아, 이건 말로 설명하기가 어렵네,라며 좀 곤란한 표정을 지었다. 그러더니 넌 그냥 옆에 서서 내가 하는 걸 잘 보고 따라하는 게 좋겠다며 찬물에 행주를 적셨다. 불 옆에 지키고 섰다가 콩이 부르르 끓어오르면 준비해둔 행주를 얼른 솥뚜껑 위로 착 던져. 그러고 나서 한소끔 다시 끓어오르면 그때 얼른 가스불을 끄고 곧장 개수대로 가져가서 확 부어야 해. 뜨거우니까 조심하면서 말이야. 설명은 자세했으나 나는 그 부르르, 착, 한소끔 등이 해당하는 포인트를 알아맞히기가 어려웠다. 아니 불가능했다. 도대체 그때가 언제란 말인가? 내가 기대한 것은 '10분 끓이고 약불로 줄여주세요' 등과 같은 수치화된 조리법이었으나 엄마의 설명은 '옆에 기다리고 섰다가, 부르르, 착' 등이었다. 결국 나는 그 콩국수를 못 배우고 말았고 이제는 먹을 수가 없게 되었다. 엄마표 음식들이 다 정갈하고 맛이 좋았지만 그중 하나를 꼽으라면 콩국수를 선택하겠다.

세 번째 소풍은 콩국수 때문에 실행에 옮겨졌고 이후 더 이상의 학교 소풍은 없었다. 하지만 연구산학동을 향해 난 아스팔트 깔린 차로를 지나갈 때면 눈앞에는 증강현실처럼 그 흙길이 떠오르고 그 나른한 분위기 속의 도시락 소풍이 떠오른다. 본관 뒤 나무 의자에 앉아 커피를 마실 때도 예전 피크닉처럼 즐기던 점심식사가 생각난다. 거봉 포도도 생각난다. 중강당 옆을 지나갈 때면 이른 아침, 극성맞게 유리 면기까지 준비해서 즐겼던 콩국수 소풍 장면이 겹쳐 보인다. 학교는 수업만 하는 곳은 아니다. 친구들을 만나고 잡담하고 놀고 하면서도 생각하는 근육이 튼튼해지고 대화 속에서 촌철살인 같은 아이디어가 떠오르기도 한다. 중간중간 재미를 추구하는 일은 하던 공부를 꾸준히 할 수 있게 삶의 탄성을 만들어준다. 하는 일을 잘하기 위해서는 딴 짓이 좀 필요하다.

파티 음식, 일용할 음식

　어떤 이들은 내가 요리를 잘하는 줄 알고 있다. 하하! 그런데 실은 나는 요리는 잘할 수 있을지 모르지만 음식을 잘하는 사람은 못 된다. 슬프게도 파티 음식은 잘되지만 일용할 음식은 잘하지 못하기 때문이다. 나 혼자 먹는 음식은 조리가 복잡하지 않은 간단한 것들이고 거의 한 그릇에 담아 먹을 수 있는 음식을 좋아한다. 모든 것이 간편하기 때문이다. 그리고 채소 다듬고 씻고 하는 걸 별로 안 좋아한다. 나물 등속을 입에 맞게 무쳐내는 일도 어렵고, 고백하자면 아직 김치는 담가본 적이 없다. 다른 데 쓰고 남은 부추를 바라보다가 궁여지책으로 김치로 만들어('담가'라는 표현을 사용하기조차 미안하다) 본 적이 한 번 있을 뿐이다. 하지만 나름 계획이 하나 있는데 몇 년 뒤 마음에 여유가 생기면 그때부터 차분히 해볼까 한다. 내 어렸을 때 먹던 그 음식 맛을 언젠가는 다시 느껴보고 싶다. 하지만 어찌되었든 현재의 내가 일상에서 먹는 음식은 대강 시간 안 들이고 먹을 수 있는 것들이다.

내 주변의 지인들이 나에 대해 음식을 잘하는 사람이라는 인상을 지니게 되었다면 그건 내 파티 요리 때문이다. 나는 사람들과 함께 맛있는 걸 먹으며 좋은 시간을 보내는 걸 좋아한다. 특히 예전에는 집에 불러서 그렇게 노는 일을 즐겨 했다. 그런데 단어 선택에서도 풍기듯 나의 음식은 잔치 음식이 아니라 파티 음식이다. 지인들을 부르는 경우에도 한식 종류는 잘 선택하지 않는다. 갈비찜, 낙지볶음 등을 한다 해도 한식 상차림에는 밥과 국과 밑반찬 류의 반찬들이 필요한데 차르르하니 밥 잘하는 것도, 밑반찬 정갈하고 깔끔하게 맛깔스럽게 만들어내는 것도, 국 구수하게 끓여내는 것도 갈비찜 하는 것만큼이나 쉽지 않은 일들이기 때문이다. 아니, 더 어려운 것 같다. 그리하여 나의 파티 음식은 주로 가정에서 조리할 수 있게 소개된 서양 요리들이

거나 아니면 국적 모를 음식들이다.

　실은 이리 된 데에도 나와 어머니와의 묘한 역학 관계가 작용했다. 엄마가 익숙하게 잘 아는 음식을 하면 늘 잘못된 점이 발견되고 더 나은 선택을 할 수 있도록 뭔가 말씀하셨는데 난 좀 듣기가 싫었다. 그래서 집에서 엄마에게 요리를 해드릴 때면 평소 엄마가 하지 않는 새로운 메뉴를 찾아서 짜잔— 차려냈다. 그러면 엄마는 그냥 궁금해하면서 잘 드셨다. 그 결과 나는 대개 평소 집에서는 잘 해 먹지 않는 요리들을 주로 하게 되었다. 그런 음식 하는 일에 재미가 들렸다고나 할까? 이런 음식들은 요리책에 적힌 조리법 그대로 하면 신기하게도 그대로 멋진 한 접시 메뉴가 완성되더란 말이다. 나는 잘된 조리법이 소개된 요리책에 관심을 가지게 되었고 한때 유명한 요리 선생의 레시피를 구해서는 지금도 단단하게 잘 간직하고 있다. 나는 이런저런 조리법들을 수집했다. 이런 음식들은 공이 조금 들어서 그렇지 하다 보면 새롭고 정교한 접근이 마음에 들었다. 살림이라고는 엄마 옆에서 조수 노릇한 것이 전부인데, 적힌 대로 하면 근사해 보이는, 게다가 맛도 괜찮은 요리가 나오는 게 신기했다. 이리하여 나는 주말에 한 번씩 엄마에게 주로 일본, 중국, 서양 요리들을 해서 드리는 것으로 내 역할을 삼았다. 중국 음식 중에는 특히 난자완스가 맛있게 됐고 일본 음식 중에는 오뎅탕이 그중 잘됐다. 서양 요리 중에는 엄마는 오렌지 소스를 곁들인 닭고기 요리를 좋아하셨다. 시작은 뭔가 평가 당하는 것 같은 기분을 피하고 싶어 하게 된 선택이었지만 결과적으로는 잘한 일이라 생각한다. 내가 요리책을 뒤져 사자두같이 낯선 요리를 시도하면 어머니는 늘 새롭게 여기며 즐겁게 드셨기 때문이다.

지금보다 마음의 여유가 있었을 때에는 방학하자마자 지인 두세 팀을 집으로 불러 한바탕 먹으면서 밤늦게까지 놀았다. 교회 청년부 교사를 할 때는 청년들을 집으로 불렀다. 그들에게 좋은 음식과 즐거운 시간을 대접하고 싶었기 때문이다. 처음 이런 모임을 가지게 된 때를 기억한다. 물론 독립한 후의 일인데, 내가 속한 어떤 스터디 모임이 끝까지 성공적으로 잘 마무리가 되었고 그걸 자축하고 싶다는 생각이 들었다. 그 모임은 스무 명은 안 됐지만 열댓 명은 족히 되는 모임이었다. 무슨 용기가 나서 그런 제안을 했는지 모르겠는데 아무튼 그 모임을 그냥 흐지부지 마무리하는 게 아쉬웠다. 그 정도의 인원을 집에 초대해본 적은 한 번도 없었다. 그들은 스터디에서 만난 사람들이기에 몇몇을 제외하고는 친한 사이는 아니었는데 집에서 쫑파티를 하자고 초대했다.

강의에, 논문에, 여러 일들로 바빴지만 그 와중에 몇 차례 장을 보고 밤을 새워가며 양파를 다지고 파슬리를 다져 말리고 새우와 브로콜리를 데쳐내고 몇 종류나 되는 다양한 소스들을 미리 만들어 냉장고에 넣어 두고 상에 내놓을 요리 재료들을 다 손질하고 밑간해서 상차리기 바로 전에 굽거나 볶거나 하면 되게 다 갈무리해 두었다. 튀김은 미리 다 초벌 튀김을 하고 한 번만 더 튀겨내면 되게 해두었다. 정말 정성스럽게 준비했다. 잠을 못 자도 다지고 재우고 하느라 무념무상 빠져드는 게 또 한맛 있었다. 그런데 신기한 것이 처음 해보는 것인데도 뭔가 순서를 아는 것만 같았다. 물론 부엌은 여러 식재료와 그릇들로 어지러웠지만 나는 일머리 있게 재료들을 손질해서 냉장고에 넣어두고 아침에는 집 정리를 하고 상들을 이어 붙이고 그 위에 동남아풍으로 홀치기 나염된 천들을 깔고 냅킨을 놓고 용도대로 컵과 음료 등을 내놓고, 여유로운 척 점심 초대 준비를 마칠 수 있었다. 생각해보니 나는 엄마를 카피하고 있었다. 어려서부터 계속 조수 노릇을 하면서 봐왔던 손님 차리는 과정들이 내 몸 어디엔가 저장되어 있다가 엇비슷하게 재현되어 나오고 있었다. 그날 스터디팀원들은 나의 음식에 감동했다랄까 뭐 그런 고마운 반응을 들려주었다. 아주 맛있게들 먹고 오후까지 잘 놀다가 다들 집에 가지 않았고 결국 저녁까지 차려 먹게 되었다. 그날 어떤 친구가 갑자기 울컥하기에 약간 당황하여 이유를 물었더니 공부를 이렇게 행복하게 할 수도 있다는 걸 처음 알아서라는 말을 했다. 그 친구는 공부한 내용과 실천을 병행하려고 노력하는 사람인 것 같았다. 그 첫 번째 초대를 경험하면서 나는 매번 학기 말마다 특별한 요리로 모임을 하게 되었다.

맞다. 내가 한동안 학기 말마다 그런 음식들을 해서 지인들을 초대한 것은 나도 그런 시간을 통해 기쁨과 힘을 얻을 수 있어서였다. 공부는 물론 유의미한 작업이나 결코 즐겁거나 만만한 것은 아니다. 전업으로 공부하는 사람이 되기 위해서는 시간과 공력과 마음을 들여야만 한다. 아마 공부만 아니라 세상 모든 일이 그럴 것인데 내가 선택한 일이 공부이다 보니 나는 공부에 대해 그렇게 느끼는 것일 게다. 힘든 공부 생활을 마치는 학기 말에 어떤 유의미한 방점을 찍으면서 서로 평소 안 먹는 음식을 먹고 즐기며 수다를 위한 수다를 떨며 비일상적 시간을 만끽한 후 즐겁고 좋은 기억들로 방학 공부 생활을 이어간 게 아닌가 한다. 초대를 준비하는 일은 물론 힘들지만, 하지만 그 일련의 노동은 자칫 팍팍한 무채색이 될 수도 있을 내 공부 생활에 행복한 에너지를 보충해주는 일종의 의식과도 같은 것이다. 즐거움과 기쁨의 자리를 마련하는 것, 힘들지만 할 만한 일이다. 좋다.

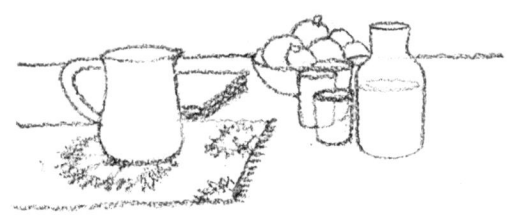

내 상상력의 구조

내 머릿속은 먹는 것과 관련된 것들로 가득하다. 지도를 잘 볼 줄 모르고 길도 잘 모르지만 내가 지나온 곳에 있는 구체적인 것들을 기억한다. 내 진가는 여행 가서 길을 잃었을 때 빛이 나곤 하는데 다들 이 길이 지나온 길인지 새 길인지 헷갈려 할 때 나는 그곳에 있는 가게 간판, 특히 식당 간판들을 보고 지나온 길을 기억해 내곤 한다. 차를 타고 스쳐 지나가며 본 식당 간판이 유독 기억에 잘 남아 있는 게 아닌가 싶다. 언젠가 누군가 내게 길을 물었다. 마침 아는 곳이어서 찾아갈 수 있게 설명을 해주는데 내가 랜드마크 삼는 지형물은 거의 다 식당들이라는 사실을 나도 설명하면서 발견했다. 길눈 어두운 나지만 식당 눈은 밝은 편에 속하는가 보다. 뭐가 먹고 싶다는 생각이 들 때도 어떤 범주가 먹고 싶다는 생각은 거의 해본 적이 없다. 예를 들어 그냥 막연하게 뭔가 짠 게 먹고 싶다고 생각하는 경우는 별로 없다는 것이다. 뭔가 짭짤한 것이 먹고 싶을 때에도 그냥 짭짤한 것이 아니라 나는 아주 구체적으로 포테이토칩 오리지날 스타일이 먹고 싶다거나 소금 사탕이 먹고 싶다거나 명란젓 한 줄이 먹고 싶다거나 뭐 이런 식이다. 명란젓 한 줄은 엄청 짜니 곧 이어 우유를 마시거나 바나나를 먹거나 하는 등등의 후속 조치가 이루어진다. 가늘게 채친 양배추가 먹고 싶을 때도 있는데 어떤 때는 간장만으로도 충분히 만족할 수 있는가 하면 어떤 때는 굳이 우스타 소스를 뿌려 먹고 싶을 때도 있다. 먹는 것과 관련된 이름을 대라면 아주 많이 댈 수 있지 않을까 싶다.

그런데 먹는 것과 관련된 발상은 단지 실제로 먹고 싶은 것을 떠올릴 때로만 국한되는 것은 아니다. 나는 어떤 일을 하게 될 때에도 먹는 것과 관련한 비유체계가 작동하곤 한다. 내가 박사논문 주제를 정하던 때의 일이다. 한 이삼 년간 관심을 가지고 준비해오던 주제가 있었는데 어느 날《삼한습유三韓拾遺》라는 소설이 마음에 들어왔다. 아직 번역이 되지 않은 그 작품세계를 이해해보고 싶은 마음이 들면서 《삼한습유》라는 소설의 작품론을 하고 싶어졌다. 그런데 문제는 졸업 기한이 길지 않아서 내가 쓸 수 있는 시간이 넉넉하지 않은데 19세기 한문장편소설인 《삼한습유》를 선택하면 우선 번역부터 해야 했다. 하고는 싶고 하려니 덩치가 너무 컸다. 버거웠다. 어떻게 해야 주어진 시간 안에 이것으로 박사논문을 제대로 쓸 수 있을까 고민해야 했다. 엄두가 나지 않는 일이었는데 그때 내 상상력은 박사논문 쓰기를 요리하기로 바꿔 생각하게 했다. 그래, 지금 나는 음식을 조리할 시간은 별로 넉넉하지 않은데 내가 가진 재료는 사골이야. 사골은 고아야 하는데 그럴 수가 없네. 그럼 어떻게 해야 하지? 단시간에 맛있게 조리가 되어 나오는 음식은 뭐지? 그렇지, 튀김이지. 그래, 《삼한습유》를 튀겨야겠다! 사골을 튀겨내는 상상을 하며 《삼한습유》를 집어 들었다. 박사논문 쓰는 내내 힘에 부칠 때면 사골을 튀겨내는 상상을 하며 가능성에 도전했고 과연 기한 안에 사골을 튀겨냈다. 맛있었냐고? 음, 쓰는 동안 맛있었다.

그런가 하면 작품을 읽을 때도 비슷한 치환이 이루어진

다. 보여주기 서술이 적은 방각본 소설은 번듯한 뼈대에 맛있는 살이 조금 붙어 있는 형국이다. 한편 대하소설에 달하는 분량을 지녀 묘사하기 서술이 풍부한 《소현성록》 연작이나 《완월회맹연》 같은 국문 장편소설은 아주 맛있는 살이 뭉텅뭉텅 붙어 있는 형국이다. 묘사가 적은 방각본 소설을 읽다가 국문 장편소설을 읽으면 아주 먹을 맛이 난다. 나는 뼈에 붙은 고기보다는 살을 좋아하는 것 같다. 맛있게 느껴지기도 한다. 이런 방식의 상상하기는 대상을 가깝게 느끼게 한다. 먹는 걸로 상상력이 치환되어 작동하면 맛있는 것을 먹는다는 상상에 지루한 일도 좀 덜 지루하게 느껴지고 힘든 일도 약간은 덜 힘들게 느껴지기도 하는 긍정적인 효과가 수반되나 보다.

한동안 누군가의 머릿속 생각을 한눈에 알기 쉽게 표현하는 방식으로 그 사람의 뇌 모양을 그려놓고 관심사의 비중에 따라 크고 작은 영역들로 나누는데 어떤 것은 아주 작은 점으로 그려놓고 해당 부분마다 관심사의 내용을 적어 넣는 그림을 그리곤 했다. 내 머릿속 상상력의 구조를 그려본다면? 아마 여기저기 먹는 것과 관계된 영역들이 제법 많이 그려져야 할 것 같다. 즐거운 상상이다.

AI가 실감 날 때

"위인누인누인힘, 복제상품입니다."

예전에 꿈속에서 무엇인가에 쫓겨 마네킹들 옆을 지나쳐 도망가다가 들었던 섬뜩한 기계음이다. 위인누인누인힘이라니, 무슨 뜻인지는 꿈속에서도 몰랐다. 그냥 그 기계음을 들으며 쫓긴 장면은 영화처럼 선명하고 나는 그 기계음에 통제 당하는 상황 속에서 결국 잡혀 어느 방에 갇혔다. 내가 복제상품이라는 뜻인가? 말도 안 돼. 나는 인간이고 복제상품은 저 기계음 주인이 아닐까? 인간? 아니면 로봇? 〈블레이드 러너〉에서 봤던 사이보그는 긍정적 형상이어서 그랬는지 적대적인 꿈속 상황에서 사이보그는 선택지에 없었다.

이런 생각에 시달리다가 꿈에서 깨어났다. 희한한 꿈이었다. 결국 개꿈일 게다. 나는 영험한 꿈은 꿔본 일이 없다.

요즘 사람들의 관심사 중 하나는 챗GPT가 아닐까 한다. 거기에 고전소설 작품 하나를 물었더니 뭔가 길게 답을 써 내려간다. 틀린 답도 능청스럽게 해 내려가는 게 아주 사기꾼도 이런 사기꾼이 없구나 싶었지만 팝송 제목을 넣고 영어로 물었더니 바로 정확한 내용을 자세하게 부대 설명까지 덧붙여 답을 했다. 인격 없는 프로그램을 향해 나는 사기꾼이라고도 느끼고 성실한 비서 같은 존재로도 느꼈다. 언젠가는 챗GPT가 자기가 먹은 얘기라며 지금 내가 쓰고 있는 이런 글을 쓸지도 모르겠다. 이런 생각을 하다가 나는 그 생성형 인공지능을 향해 이런 당부의 말을 하고 싶어졌다. 그런데 말야, 그거 네 경험에서 나온 거야? 남의 글 다 학습해서 마치 네가 경험한 일 쓰는 것처럼 그렇게 쓰지는 말아줘. 그건 사기야. 네 먹은 얘기라며 뭔가 쓴다면 사람들은 네 혀가 그렇게 감각한 줄로 알 수도 있잖아. 고도의 인공지능을 탑재한 로봇이 인간을 능가하는 날을 살아생전 보게 될 것도 같다. 뭘 어떻게 준비해야 한다지?

나는 요즘 인간의 노화와 죽음에 대한 의미 부여를 다시

해봐야 하는 게 아닌가 생각하고 있다. 고통에 대해서도 비슷한 생각을 한다. 노화, 죽음, 고통 등은 다 반갑지 않은 단어에 속하나 기계와 구별되는 유기체 고유의 지점들이며 여기에 사유를 더한다면 결국 인간의 고유한 그 무엇, 재고再考된 인간적인 지점이 될 수도 있을 것 같기 때문이다. 휴먼 앞에 포스트가 붙는 지금, 인간적인 게 무엇인가에 대한 오래된 질문을 다시 생각해봐야 때다. 노화, 죽음, 고통과 같은 부정적인 것, 꺼려지는 것들을 극복하거나 가능한 한 지연하려고만 하지 말고 보다 더 적극적으로 껴안아볼 수는 없을까? 로봇권 이야기도 나오던데 로봇에게는 없는 요소들에 대한 묵상이 필요해 보인다. 동식물과 함께 지구를 나누며 더불어 살아가는 것에 대해서는 금방 수긍이 되는 편이라면 로봇과 함께 더불어 사는 일은 아직 그리 실감 나지는 않는다. 어떤 SF소설 덕에 사이보그와는 관계를 맺을 수도 있겠다는 생각이 들기도 한다. 사이보그와 로봇들과 더불어 살게 된다면, 휴먼, 너의 고유함은, 너의 장처는 무엇이냐?

가까운 미래에 동식물과 로봇과 더불어 힘께 살게 될 때 인간끼리의 삶의 구도도 경쟁 중심적인 상태가 아니길 바란다. 인간이 다른 인간을 착취하고 배제하고 억압하는 일을 구조화하고 '그들만의 리그'는 훌륭하게 구축되어 있는 그런 세상이 오지 않길 바란다. 아무리 아닌 척하고 싶어도 아직까지 미래에 대한 나의 상상력은 디스토피아 쪽인 듯하다. 아마 내가 19세기 초 영국에서 태어났다면 나는 러다이트 운동에 참여했을지도 모르겠다. 그러나 행인지 불행인지 20세기 중후반에 태어나 역사의 전개에서 참조한 것이 있기에 어떻게 하든 새로운 기술문명을 잘 활용할 수 있어야 하리라는 생각을 한다.

미래에 대한 비관적 전망이 여전히 좀 덜 구체적인 상상이라면 현재 내게 인공지능이 확 와닿는 느낌이 드는 경우가 있긴 하다. 언젠가부터 사물 인터넷 이야기들이 나오면서 가전제품에도 소위 인공지능을 장착한 스마트한 제품들이라며 선전을 하는 경우들이 보인다. 스스로 바닥 재질을 감지하면서 청소를 한다는 로봇청소기나 가족들의 라이프 스타일에 따라 냉기 조절을 해주는 냉장고 등의 광고를 보면서는 사용하기 편리하겠군 싶었다. 그런데 만약 좀더 나가서 냉장고에 훨씬 더 정교한 인공지능이 탑재된다면? 냉장고 속 식재료나 음식물 상태도 다 파악하고 있고 내가 그 앞에 서면 내 몸 상태도 스캔해서 건강 상태 점검도 가능하고 그런 인공지능이 탑재된다면? 그래서 내 몸 상태에 적합한 냉장고 속 식재료 추천 멘트도 나오고 말이다. 그런 상상을 하다가 곧 허걱 했다. 어느 날 밤, 무언가를 하다가 허기져서 뭔가 먹어야겠다 싶을 때 더 섬세하고 강력해진 인공지능이 탑재된 냉장고가 내 몸 상태를 스캔한 후 내게 경고를 날린다면? "고객님, 고객님의 몸 상태는 지금 시간에 뭔가를 드시면 순환계 질환에 부정적인 영향을 미칩니다. 식욕을 참으시길 권합니다." 뭐 나 같으면 내 요량대로 먹으면 되지라고 하며 이런 말 몇 번 반복해 듣는다 해도 냉장고 문을 여는 데 별 망설임이 없을 것도 같다. 하지만 그러다가 마침내 인공지능 냉장고가 "고객님, 고객님의 건강을 위해 가장 바람직한 최종 선택을 하게 되었습니다. 아침 7시까지 냉장고 문을 강제 폐쇄합니다." 징~ 찰카닥! 아, 이런 일이 생긴다면? 정말 견디기 어려울 것 같다. 내가 원할 때 내 냉장고 문 정도는 열고 싶다. 인공지능, 어디까지 누려야 할까?

한 그릇 밥에 감사를

　누군가 나에게 이런 말을 해주었다. "넌 곡굉이침지는 잘할 것 같은데 일단사일표음은 불가능할 것 같다"고. 나도 전적으로 머리가 끄덕여진다. '일단사일표음一簞食一瓢飮'(한 덩이 밥과 한 표주박의 물) '곡굉이침지曲肱而枕之'(팔을 구부려 베개로 삼다)는 《논어》에서 공자가 제자 안회를 가리켜서 한 말 중에 나오는 구절이다. 그 친구의 말에 내가 고개를 끄덕였던 건 나는 잠은 아무 데서나 잘 자는 편이지만 먹는 것도 좋아하고 배부르게 먹는 것도 좋아하고 맛있는 걸 먹는 것도 좋아하기 때문이다. 그렇기에 안회처럼 한 덩이 밥과 한 표주박의 물, 즉 아주 소략한 식사가 이어진다면 홍부네

자식들처럼 뭐가 먹고 싶구나, 뭐가 맛있었지 하며 말풍선 속에 음식 떠올리느라 금방 잠들지 못할 것도 같다.

사실 나도 안회처럼 될 수 있으면 좋겠다. 중국 요리에는 기름진 것들도 많고 중국 사람들은 식사 때 물보다는 차를 선호할 것 같은데 그는 소박한 식사와 더불어 한 잔의 물을 마시고도 만족했던 것으로 보인다. 공자는 안회에 대해 어질다고 칭찬했다. 소략하게 먹고 제대로 갖춰지지 않은 곳에서 자기 팔 베고 잠들면서 누추하게 산다면 보통 사람들은 가난에 대한 걱정을 감당하기 어려울 터인데 안회는 그냥 그렇게 살면서 즐거움을 누렸으니 어질다고 말이다. 공자가 누군가에 대해 어질다고 했으면 최고의 평가를 한 것으로 봐도 무방하다. 안회는 아마도 자신이 찾은 도 안에서 그 길을 따라 살며 즐거울 수 있었던 게 아닌가 한다. 21세기 한국 사회는 무엇보다 가난이 가장 두렵고 무서운 세상인 것으로 보인다. 진리나 신 혹은 구원 등의 문제를 진지하고 심각하게 자신의 화두로 삼는 사람은 얼마나 될까? 실감나게 집중하고 또 겸허한 자세가 되게 만드는 것은 무엇일까? 아마도 돈 버는 일이 아닐까? 지금과 같은 세태 속에서, 돈은 기본적으로 필요한 것이고 물신이 되지 않도록 기도가 필요해 보인다.

　먹는 일도 당연히 돈과 관계가 있다. 요즘처럼 물가가 오르면 밖에서 한 끼를 사 먹는 일도 쉽지 않다. 가격표를 보면서 또 시장 물가를 생각하며 식당 주인 입장도 헤아리게 되고 내 주머니 사정도 고려하게 된다. 물건을 사면서 느끼게 되는 것 중 하나는 조금 좋아지면 많이 비싸지더라는 것이다. 조금 맛있는 것들을 찾으면 맛의 그 조금에 비해 값은 많이 올랐다고 느껴진다. 하지만 자릿세니 뭐니 뭔가 이유가 있겠지 한다.

　TV만 켜면 맛있는 것들이 우르르 소개가 되고 또 와르르 몰려가서는 상다리 부러지게 쌓아놓고 먹는 장면들이 심심치 않게 방송된다. 먹고 죽은 귀신이 때깔도 좋다는 것을 확인하기라도 한 듯(!) 먹는 데 열중한다. 나도 맛있는 거 먹으러 다니는 건 누구 못지않게 좋아한다. 그런데 나이가 들면서 차츰 느끼는 것은 해 아래 새로운 음식이 별로 없다는 것이다. 나이 들고 보니 이제는 웬만하면 거의 아는 맛이 되어버렸다. 물론 맛있는 것은 여전히 맛있고 감사하다. 그런데 달라지는 것도 있다. 아무리 맛있어도 간이 센 건 피하게 된다. 남들이 다 추천하는 곳이라 해도 너무 멀면 엄두가 잘 나지 않는다. 맛이 있다 해도 이건 비싼데 싶으면 굳이 사 먹지 않아도 별 아쉬움이 없다. 맛있는 음식이 맛이 있다는 걸 다 먹어 확인하고 나면, 물론 맛은 있었지만 그 감흥이 온몸을 휘두르는 정도까지는 아니다(경험치가 덜할 때는 호들갑스럽게 감격하곤 했다). 오히려 잘된 밥 한 공기가 더 인상적일 때도 종종 있다. 마른 빵 한 조각에도 감사 기도가 충만한 그림 속 어느 서양 노인네가 떠오르면서 밥 한 그릇에도 감사 기도가 충만한 삶이 더 중요하게 느껴진다.

그러나 밥 한 그릇 운운한다고 하여 맛을 포기하라는 법은 없다. 실은 갓 지은 밥 한 공기면 그 자체로 위로가 되고 영양이 되고 맛도 있다. 나는 여전히 먹는 것을 좋아하고 맛있는 것을 먹는 것 또한 좋아한다. 내 주변의 좋은 사람들과 더불어 맛있는 음식을 같이 먹는 것은 행복한 일이다. 하지만 일단사일표음의 식생활에 처할지라도 자족할 줄 알고, 한 그릇 밥이라도 나를 위해 정성스레 갓 지어낸 밥의 윤기를 제대로 음미할 수 있는 입맛을 잃지 않고 싶다. 한 그릇 밥에 감사를—.

한 그릇 밥에 감사를

어게인 함경도 물장수 상

어렸을 적에 어머니가 특히 좋아하셨던 밥상이 있다. 어머니는 그 밥상을 '함경도 물장수 상'이라고 부르면서 아주 만족해하셨다. 함경도 물장수 상은 먹기 전 잘 차려진 상태가 아니라 식구들이 다 먹고 난 후 빈 그릇들만 남았을 때의 상을 가리킨다. 밥그릇, 국그릇, 반찬 그릇, 전골냄비 등등 상 위에 올라왔던 모든 그릇에 남긴 음식이 하나도 없을 때의 밥상, 그것이 함경도 물장수 상이다. 식구들이 이렇게 그릇을 싹싹 비우며 잘 먹는 경우가 가끔 있었는데 그럴 때마다 어머니는 어김없이 그 표현을 사용하면서 좋아하셨고 나도 덩달아 그렇게 물린 상태의 밥상을 보면 기분이 좋아지곤 했다. 함경도 물장수 상이 무슨 뜻인지는 자연스레 알게 되었다. 아마 물었거나 그래서 설명을 들었거나 했을 터이다. 어렸을 때 기억에 저장된 함경도 물장수 상에 대한 설명은 이러했다. 옛날에는 새벽마다 한강에서 물을 지고 와서 파는 물장수들이 있었는데 그중에는 함경도 사람이 많았고 그 일은 아주 힘든 것이었기 때문에 밥을 먹을 때 아무것도 남김없이 다 먹었다고. 그래서 그렇게 말끔히 먹은 상을 함경도 물장수 상이라고 했는데 설거지도 아주 쉬웠노라는 내용이었다. 물을 파는 물장수를 본 적이 없었던 나는 갑자기 웬 물장수인지, 또 물장수는 왜 함경도 사람이 많은 건지 등이 살짝 궁금했으나 아주 궁금하지는 않았고 그냥 그런가 보다 했다.

어쨌든 내 어릴 적 들었던 함경도 물장수 상이 되었다는 표현은 식구들이 그만큼 다 잘 먹었다는 뜻이다. 남긴 게 없을 정도로 잘 먹었다는 것은 물론 시장기 때문이었을 수도 있지만 그날의 음식이 다 맛있게 되었다는 뜻이기도 했다. 그래야 그릇마다 아무것도 남긴 게 없이 발갛게 깔끔한 상태가 될 테니 말이다. 그러니 그때 함경도 물장수 상이란 표현은 음식을 준비한 사람 입장에서 가장 기쁜 상이라 하겠다. 함경도 물장수 상은 설거지하는 사람 입장에서도 아주 바람직한 상이다. 그릇에 남은 음식이 있으면 설거지하기 전 먼저 그 음식들을 갈무리해야 하는데 그게 좀 귀찮은 작업이기 때문이다. 내가 기억하는 함경도 물장수 상에 대한 어머니의 설명에도 '설거지가 아주 쉬웠다'는 내용이 들어 있었다.

함경도 물장수 상에 대한 정확한(?) 유래를 알게 된 것은 교과서에 실린 김동환의 〈북청 물장수〉라는 시를 배우게 되었을 때다. 함경도 북청 출신 물장수가 새벽마다 물을 부어놓는 소리를 꿈결에 들으며 잠을 깨노라는 아스라한 분위기의 시인데, 김동환 역시 함경도 출신이라 한다. 시 속의 화자는 새벽마다 잠결에 북청 물장수가 쏴아 쏟아부어 놓는 찬물 소리를 듣고 등에 진 물지게에서 나는 삐걱삐걱 소리를 들으며, 날마다 아침마다 그 소리를, 그를 기다린다. 이 시에서 북청 물장수는 새벽마다 어김없이 찾아와준다. 그리고 하루 사용할 요긴한 물을 시원하게 부어주고 가는데 내일 또다시 오리라는 믿음을 주는 근면성실한 그 누구이다. 나는 함경도 물장수 상이라는 표현을 튼실하게 해주는 〈북청 물장수〉가 반가웠고 그 시는 시원하고 담박한 느낌으로 읽혔다.

　이북에서 내려와 타지에서 살아내기 위해 새벽마다 두 어깨에 물을 지고 배달해야 했던 북청 물장수. 여타의 자본이 없는 그들의 노동은 힘들고 고된 것이었다. 서울에 수도 시설이 생기기 전 이렇게 새벽마다 물을 지고 나르던 물장수 중에는 북청 출신이 많았고, 또 당시에는 자기 집에 힘들게 물을 날라준 물장수에게 아침 밥상을 차려주곤 했다고 한다. 물장수들은 남기는 법 없이 차려준 상을 다 비웠다고 한다. 어렸을 때 들었던 설명과 대충 겹치는 내용이었지만, 함경도 물장수 상이 되는 정황은 새벽마다의 고된 노동과 허기의 결과였던 것이다. 우리 집 함경도 물장수 상은 밥상을 물린 모습만 옛날 함경도 물장수의 상과 닮은 것이라는 걸 알았지만 그렇다고 하여 우리가 그렇게 싹 먹고 난 밥상을 함경도 물장수 상이라고 부르는 것이 마음에 부담스럽거나 하지는 않았다. 식구들이 다 잘 먹어 국물만 조금 남거나 텅 빈 그릇을 보는 것은 여전히 쾌감 있는 즐거운 일이었다.

　나는 요즘 다시 함경도 물장수 상을 만나곤 한다. 내가 먹은 후에 상을 보면 그릇마다 다 비어 있고 설거지도 아주 간편해지는 경우가 종종 생긴다. 뿌듯하고 기분이 좋다. 실은 소위 어른이 된 이후 언젠가부터 나는 음식을 남기는 쪽이 되었다. 양이 줄어서라기보다는 먹는 것을 좋아하다 보니 식탐의 여파로 그렇게 된 것이다. 식당에서 주문을 할 때도 인원 수보다 한 개 정도의 메뉴는 더 시키는 경우가 대부분이었다. 이것도 궁금하고 저것도 먹고프고 하여 결국은 다 주문하고 원하는 맛들은 잘 즐겼으나 시킨 양만큼 다 먹지는 못하기 때문이다. 집에서 먹는 밥상 경우에도 내놓은 만큼 다 먹지 못해 그릇을 옮겨 또 냉장고로 들어가는 경우가 많았다. 자연 버리게 되는 음식물도 생기게 마련이었다. 외할머니는 밥상머리에서 어린 우리 남매에게 한자로 '米'자를 써 보이시면서 이 글자가 쌀 미인데 잘 보면 '十'를 가운데 두고 위아래로 '八'이 2개 붙어 있는 것이라며 이는 쌀 한 톨이 만들어지기까지 농부의 손이 88번 가기 때문이라고 설명하셨다. 그러니 밥을 먹을 때마다 쌀 한 톨이 얼마나 귀한 것인지 마음에 잘 새기며 감사하는 마음으로 먹어야 하는 것이라 하셨다. 어렸을 때 배운 것은 기억에서 사라지지 않는 것 같다. 식당에서 음식을 남기거나 혹은 음식물을 버릴 때마다 이 가르침이 떠오르면 나는 내 마음이 불편하지 않도록 일부러 더 아무렇지도 않으려 했다.

소화력이 왕성할 때는 접시들아, 와라! 내가 다 먹어주마, 뭐 이런 태도가 있었다면 60을 넘긴 지금은 그런 호방함은 사라졌다. 소화가 잘 안 되는 경우가 생기기 시작했기 때문이다. 속이 더부룩한 느낌의 불쾌도 알게 되었다. 하지만 대개는 여전히 소화가 잘되는 편이기는 하다. 그럼에도 달라지는 부분들이 있다. 맛에 대한 것이다. 약간의 음식을 제외한다면 난 모든 맛을 즐기는 쪽이다. 슴슴한 맛도 좋지만 단짠단짠도 맛있고 맵싸하고 새콤한 것도 맛있다. 고소한 맛도 꿀맛이고 쿰쿰 삭힌 맛도 별미다. 그런데 요새 내가 즐기는 밥상에는 조리 과정이 극도로 절제된 음식들이 오른다. 이런 맛은 슴슴함의 범주와도 다르다. 삼등분하여 길이로 썬 오이, 기름에 재지 않은 마른 김, 몇 가지 종류의 풀들. 여기에 계란말이도 삼등분하여 좀 도톰하게 길이로 썰고, 배추김치도 조금 낸다. 호박과 감자로 끓인 된장찌개도 조금씩 담는다. 메인 음식은 나름의 김밥이다. 손바닥만 한 김 한 장에 갓 지은 밥을 살살 퍼 얹고 오이, 세란, 채소들을 넣고 싸서 한입 머금으면 벌써 맛있다. 오이의 수분이 맨 김과 어우러지면서 씹기 좋은 상태가 되고 여기에 계란

이 포근한 식감을, 로메인과 치커리 같은 풀들이 신선한 청량감을 더하면 한입 가득 맛있고 행복하고 감사한 식사가 진행되는 것이다. 물론 조리 과정이 필요한 것도 있지만 메인은 날것의 김말이이다. 여름 오이는 그냥 썰어만 놓아도 맛있다. 이렇게 맛있으니 밥상 위에 올라온 모든 것들을 남김없이 비우게 된다. 다시금 함경도 물장수 상을 마주하며 더할 나위 없이 흡족한 미소가 내 마음에 그득하다.

오이는 오이, 상추는 상추. 슴슴하게 조리를 해서가 아니라 오이는 오이, 상추는 상추 그 자체로 맛있다. 요즘 새로이 즐기는 맛은 바로 이런 맛, 재료의 맛이다. 제 맛, 본맛 혹은 무위자연의 맛이라 하겠다. 그냥 씻어놓고 썰어놓기만 해도 음미할 수 있는 그 무엇이다. 인위적인 노력을 가하지 않고 자연 그대로의 상태로 먹는데 이전에는 몰랐던 밥상의 지극한 즐거움을 경험하면서 나는 내가 나이 들고 기능들도 약해지고 하는 일이 서운하거나 나쁘지만은 않다. 왕성하고 강했던 상태에서는 이런 섬세하고 미미한 맛은 미처 깨닫지 못했던 것 같다. 왁왁 씹다가 오물오물 씹으면서 끝까지 즐겁다. 힘든 노동 끝의 함경도 물장수 상, 식구들의 즐거운 한때를 불러다주는 어렸을 때의 함경도 물장수 상에서 나는 이제 내 삶의 형태를 잡아주는 함경도 물장수 상을 기대한다. 다시금 마주하는 함경도 물장수 상의 즐거움에서 나는 지극한 맛의 세계와 간소한 살림의 경지와 시간과 함께 자연의 리듬에 묻어가는 나를 행복하게 여긴다.

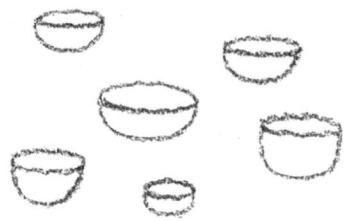